나이들수록 향기로운 삶을 사는

_____ 님께

_____ 드림

인생
공식

양순자 지음

인생 공식

꼬인 인생 풀어주는 인생 9단의 돌직구

개정판 1쇄 발행	2024년 1월 15일
지은이	양순자
그린이	박용인
펴낸이	신민식
펴낸곳	가디언
출판등록	제2010-000113호
CD	김안빈
마케팅	이수정
디자인	미래출판기획
종이	월드페이퍼(주)
인쇄 제본	(주)상지사P&B
주소	서울시 마포구 토정로 222 한국출판콘텐츠센터 401호
전화	02-332-4103
팩스	02-332-4111
이메일	gadian@gadianbooks.com
홈페이지	www.sirubooks.com
ISBN	979-11-6778-118-5(03810)

인생 공식

양순자 지음  박용인 그림

꼬인 인생 풀어주는 인생 9단의 돌직구

"한 번 왔다 가는 인생인데
너무 힘들게 살면 안 되잖아!"

가디언

《인생 공식》으로 《인생 9단》을
다시 세상에 내놓겠습니다

2013년, 초판 《어른 공부》 인세를 드린 날 전화가 울렸습니다.

"신 사장! 밥 먹었어? 기다려. 가디언 식구들 모두 삼계탕 사줄게."

광역버스로 일산에서 한달음에 달려오신 선생님은 대장암 말기라고는 믿기지 않을 정도로 활기차셨습니다.

"선생님! 감사히 잘 먹겠습니다."

"감사는 내게 하지 말고 복날 우리를 위해 기꺼이 목숨을 내놓은 닭들에게 하자. 자, 일동 묵념."

닭이든 선생님의 마음이든 '감사'로 국물까지 싹 비운 우리를 바라보시던 선생님은 "책을 낸다는 게 이렇게 행복한 일이라는 걸 알게 해줘서 내가 감사하다."라고 말씀하셨습니다.

그때까지 저는 책 출간 후 홍보에 소극적이신 선생님의 태도에 심사가 뾰쪽했더랬습니다. 선생님은 2005년 출간된 《인생 9단》이 베스트셀러가 되면서 독자를 만나는 기쁨보다 언론 인터뷰와 강연으로 전국 방방곡곡 불려다니는 유명세를 톡톡히 치르셨던 겁니다.

평소 "한 번 사는 거 이왕이면 심장에 남는 사람이 되어야 하지 않겠어?"라시던 선생님의 글은 조용조용 독자의 심장을 두들겨 베스트셀러가 되어가고 있었습니다.

그 후, 무슨 일 때문인지 기억나지는 않지만 선생님의 일산 오피스텔을 가게 되었습니다. 여남은 평의 작은 공간은 암환자의 거처가 아닌 바지런한 신혼 새댁의 집처럼 정갈하고 깔끔했습니다. 책상, 가구, 가전에 이름이 적힌 스티커가 특이했습니다.

"선생님 이거에 이름을 왜 붙여 놓으셨어요?"

"응 내가 죽으면 가져갈 사람들이야. 그런데 어떡하냐? 이미 주인이 모두 정해져 신 사장 줄 게 없는데……, 참 이게 하나 있다."

순도 99.9% 제품보증서와 함께 금가락지를 내 놓는 겁니다.

"저는 순도 99.9% 선생님 마음이면 충분합니다. 마음보증서는 제가 갖겠습니다."

해가 바뀐 2014년 1월경 선생님은 서류봉투 하나를 가지고 사무실로 오셨습니다.

봉투에는 《인생 9단》 출판계약서와 출판해지계약서, '인생 9단' 상표등록증 그리고 《인생이 묻는다 내가 답한다》 출판계약서가 담겨 있었습니다.

"이 책들을 세상에 내놓든 장롱 속에 처박아두든 신 사장이 알아서 해라."

그 후 선생님은 몹시 아프셨습니다. 그러다가 그해 7월 잘 준비하신 죽음을 맞이하셨습니다. 2023년 8월 《어른 공부》가 다시 세상에 나오기까지 선생님께서 남기신 책들은 10여 년 절판 상태로 묵혀졌습니다.

'진심의 힘'은 시간에 바래지 않나 봅니다. 10년 만에 재출간한 《어른 공부》에 수많은 독자로부터 '마음을 데워줘서 고맙다'는 글이 쇄도했습니다. 그런데 안타깝게도 책 출간 6개월 만에 삽화의 주인공 박용인 작가의 부의가 날아들었습니다. 그는 양순자 선생님의 둘째 사위였습니다.

이렇게 《어른 공부》는 글 그림 작가 모두 저세상으로 떠난 외로운 유작이 되었습니다. 그 두 분이 떠난 빈자리에 《인생 공식》

으로 이름을 바꾼 《인생 9단》을 세워두려 합니다. 이 책에는 '심장을 뜨겁게' 하는 힘이 있으니까요.

　"양순자 선생님, 그리고 박용인 작가님! 《인생 공식》으로 《인생 9단》을 다시 세상에 내놓겠습니다."

왜 사람들은 양순자 할머니를
인생 9단이라고 부르는가?

"희망의 에너지를 전해주는 사람"

저는 사형수였습니다. 전두환 군사정권의 서슬 시퍼렇던 시절, 미국 유학생이었던 저는 간첩단으로 조작된 시국사건에 연루되어 사형수가 되었습니다.

그때 양순자 할머니를 알게 되었습니다. 무기수로 감형이 되고 석방이 된 후에도 계속 인연을 맺고 지냈습니다.

앞길 창창했던 젊은이였던 제가 견뎌내야 했던 간단치 않은 세월 동안 그이는 아주 특별한 기억으로 남아있는 사람입니다.

대법원에서 사형 확정판결을 받고 초조한 심정으로 형 집행을 기다리고 있을 무렵, 국가보안법 위반으로 들어왔던 다른 사람들은 다들 석방이 되고 있었습니다.

구치소 안에서 같이 잠자고, 같이 운동하던 학생들과 재야인사들은 정치적 상황변화에 의해 재판도 받지 않고 저와 몇 사람만을 구치소에 남겨놓은 채 다들 석방이 되고 있었습니다. 환한 웃음을 지으며 '동료들'이 짐을 꾸려서 나간 후 구치소는 저에게 그렇게 쓸쓸할 수가 없었습니다. 마음도 텅 비고 구치소도 텅 비어서 슬픔에 젖어있는 저에게 누가 무슨 말을 한들 위로가 될 수 있었을까요? 가슴앓이를 하며 온몸에 힘이 없이 지내던 저는 양순자 할머니의 말 한 마디에 그만 기력을 되찾고 말았습니다.

"양심수 중에서 네가 맨 마지막으로 멍석 말아서 나올 모양이다. 남들 다 보내고 네가 맨 마지막에 멍석을 말아서 나온다고 생각해라."

할머니의 그 말에는 놀라운 힘이 있었습니다. 희망의 에너지가 있었습니다. 제가 다시 활기찬 생활을 할 수 있게 만들어 준 할머니의 그 말은 아무나, 쉽게 할 수 없는 말이었습니다.

양순자 할머니는 모두가 가지고 있는 고정관념을 와장창 깨는 파격의 힘을 갖고 있었습니다. 마음이 늘 비어서일까요? 남다른 통찰력으로 다른 사람의 고정관념을 꿰뚫어 보고 새로운 사고의 전환을 제시합니다.

살아갈 힘을 잃어버린 사람에게 다시 살아갈 수 있는 힘을 안겨주는 양순자 할머니, 저는 그이를 '인생 9단'이라고 부르고 싶습니다.

- 김성만(85년 구미유학생간첩단 사건으로 사형 구형, 13년 2개월 만에 출소)

"영원한 나의 등불"

지인의 베프를 소개받게 된 자리. 70대 할머니 한 분이 "안녕하세요"라며 인사를 건네서 깜짝 놀랐습니다. 40대의 지인이 20대에 만난 베프, 그녀가 바로 돌아가신 양순자 선생님이었습니다. 차를 마시며 한 자 한 자 꾹꾹 눌러쓴 육필 원고에 대해 한 시간 정도 이야기를 나누는 동안 어느새 우리도 베프가 되었습니다.

선생님과 책 작업을 진행하면서 이런저런 고민을 털어놓게 되었습니다. 그럴 때마다 선생님은 제 어깨를 토닥거리며 이렇게 말씀하셨습니다.

"인생은 숙제하는 거야. 하루하루가 숙제하는 거라고 생각하고 살면 돼. 숙제하는 걸 좋아하는 사람은 없지만 결국 해야 하잖아. 너는 누구보다 현명하게 숙제를 잘할 거야."

일과 육아 사이에서 방전된 30대 후반의 제 삶은 선생님의 지혜로운 조언 덕분에 큰 위로를 받았습니다. 선생님은 늘 누구에게나 '등불' 같은 존재였습니다. 선생님과의 약속대로 오늘도 나이만 먹지 않고 남겨주신 인생 공식으로 숙제를 해나가고 있습니다.

– 김미란(《어른공부》 기획 · 편집자)

인생의 공식은
연장이나 조리기구
같은 거야

사람이 살다 보면 거의 매일 새로운 문제와 만나게 돼. 먹고사는 문제, 가족, 친구 같은 인간관계까지 크고 작은 문제들이 수두룩하지. 이런 문제들이 다 인생의 짐이라고 할 수 있어.

이렇게 매일 새로운 짐들이 어깨에 올려지는데 제때 처리하지 못하면 자꾸 쌓이게 되잖아. 그러면 당연히 인생살이의 걸음이 무거워질 수밖에 없는 거고. '사는 게 왜 이러냐?'는 푸념이 나오는 것도 다 쌓이는 짐 때문에 그렇거든.

한 번 왔다 가는 인생인데 너무 힘들게 살면 안 되잖아. 그렇게 살지 않으려면, 가벼운 걸음으로 살려면 바로바로 문제를 처리해야 하는데 이게 쉽지 않단 말이지. 그렇다고 손 놓고 있을 수는 없으니까 방법을 찾아야 하지 않겠어?

가만 생각해 보면 우리 어깨에 놓이는 짐들이 각각 다 다른 것 같아도 원리는 비슷한 것들이 많아. 예를 들면 부부, 친구, 직장 상사와의 갈등은 내용은 다 다르지만 인간관계라는 측면에서 보면 그렇게 다른 문제도 아닌 거라. 그러면 인간관계의 원리만 알면 이 문제는 해결이 되는 거야. 물론 100% 다 해결되는 건 아니지만 이전처럼 무겁지는 않단 말이지.

이런 원리들을 나는 '인생의 공식'이라고 부르는 거야. '인생 9단'은 이 공식을 알고 실천하는 사람이고.

공식이라는 말이 거슬리는 사람도 있을 거야. 그럼 이렇게 생각해 보면 어떨까?

부처 하면 생각나는 게 자비잖아. 예수는 사랑이고. 공자는 덕이지. 이게 '자비로, 사랑으로, 덕으로 살라'는 뜻이잖아. 그러면 이걸 인생의 공식이라고 불러도 되지 않을까?

그래도 '공식'이라는 말이 마음에 안 드는 사람들은 지혜라 해도 좋고 법칙이라고 해도 좋아. 이걸 뭐라고 부르든 간에 중요한 건 당신이 조금이라도 더 행복해지는 거니까. '인생 9단'이라는 말도 마찬가지야. 마냥 편안하지만은 않지만 그래도 괴롭게 살지 않는 사람, 마음은 평안한 사람이라고 생각해도 돼. 당신 인생이 평안해지는 게 중요하지 뭐라고 부르든 그게 무슨 상관이겠어.

부처와 예수는 성인이니까 전 인류가 사용할 수 있는 공식을 말씀하셨지만 나는 그 정도의 경지는 아니거든. 사실 그분들의 공식은 간단명료해서 좋긴 하지만 우리 같은 보통 사람들이 써먹기엔 좀 어렵잖아. 그렇다고 그분들 말씀을 버리라는 건 아니야. 우선 내 주변에서 일어나는 일상의 문제부터 제대로 처리를 해보자는 말이지. 그래야 더 높은 경지로 갈 수 있잖아. 나야 더러 좋은 일, 슬픈 일 겪어가면서 사는 사람살이가 더 재밌을 것 같아서 성인이 되고 싶은 마음은 없지만 말이야.

어쨌거나 나는 성인은 아니니까 지금, 대한민국에 사는 사람들이 사용할 수 있는 공식만 말할 수 있어.

그렇다고 영 쓸모없거나 자질구레하지는 않을 거야. 60년 넘게 살아오면서 내 마음을 편안하게 했던 말들, 나를 일어서게 만들었던 경험, 생각들을 차곡차곡 쌓고 녹여서 하나하나 공식으로 만든 거니까. 물론 이 중에는 성현들의 말씀을 내가 먹기 좋게 응용한 것도 있고 또 어떨 때는 반대되는 것도 있어.

내 공식은 이를테면 연장통이나 조리기구 세트라고 생각하면 돼.

집안의 무슨 물건을 고쳐야 한다거나 손님 치를 요리를 할 때 알맞은 도구가 있으면 훨씬 수월하잖아. 못을 뽑아야 하는데 망치밖에 없고, 전골 요리를 해야 하는데 라면 끓이는 양은냄비밖에 없다면 힘이 너무 많이 들잖아. 못 하나 뽑으려다가 벽에 커다란 흠집을 낼 수도 있고 전골이 타버릴 수도 있지.

연장이나 조리기구라는 게 그렇잖아. 무슨 마술처럼 지팡이만 휘두르면 모든 문제가 풀리는 건 아니지만 필요할 때 손에 알맞은 게 있다면 맨손으로 달려드는 것보다는 문제해결을 훨씬 더 쉽게 하거든.

무슨 말인지 알겠지? 내가 제시하는 공식은 당신이 팔짱 끼고 있어도 모두 다 해결해 주는 마술 같은 게 아니야. 당신이 직접 몸과 마음을 움직여야 해. 대신 공식을 모를 때보다 훨씬 더 쉽고 간편하게 실타래처럼 꼬인 인생의 많은 문제를 해결할 수 있다는 건 약속할 수 있어. 나한테 통한 공식이니까 당신한테도 통할 거란 말이지. 당신이나 나나 여린 마음으로 작은 행복을 꿈꾸며 사는 사람들이니까.

그런데 한 가지 부탁하자면 내 공식들을 만날 때 이런 마음으로 받아들였으면 좋겠어. 그저 늘 당신 잘되기를 바라는 마음씨 좋은 이웃집 할머니 만났다고. 할머니가 손수 담근 식혜 한 사발 놓고, 때론 슬프고 때론 웃기는 옛날이야기를 듣고 있다고 말이야.

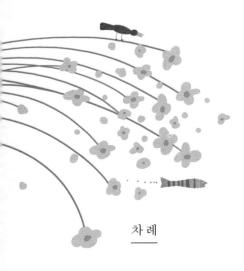

차 례

Part 2 사람 사이人間 공식

Part 3 가족 사이 家族間 공식

Part1

인생 기본
基本 공식

평생을 불행하게 살아온 사람들도 한 번은 행복해야 해.
길게 오랫동안 행복하게 해줄 수 있으면 좋은데
그건 너무 어려운 일이니까 잠깐이나마 행복한 순간을 주자는 말이야.
돈과 시간을 많이 들이지 않아도 돼.
경우에 따라서는 과자 한 봉지로도
평생 잊지 못할 행복한 순간을 줄 수도 있거든.

나이 먹는 것도
괜찮아

세월 이기는 장사 없다는 말 알지? 아무리 건강 관리, 몸매 관리 잘해도 주름이 생기고 눈도 나빠지고 머리도 세고 기억력도 조금씩 떨어지잖아. 20대 때는 밤을 새워도 거뜬하던 체력이 30살이 넘어가면서 슬슬 떨어지고 조금씩 아픈 데도 생기잖아.

운동을 해야 하나, 보약을 한 첩 먹어야 하나 이런 걱정도 들게 마련이고. 특히 여자들은 결혼하고 애 낳고 살림하다가 문득 거울을 보면, 처녀 적 몸매는 온데간데없고 어느새 웬 아줌마가 서 있어서 좀 우울해지는 일도 있을 거야.

이러니 나이 먹는 걸 꼭 무슨 뱀 보듯이 하는 것도 이해 못 할 일은 아니야. 그런데 이놈의 세월은 뱀이나 무슨 도랑처럼 피해 가고 건너갈 수 있는 게 아니거든. 무조건 겪어야 하는 거야. 무조건 겪어야 하는데 자꾸 10년만 젊었어도, 5년만 젊었어도, 하면서 세월 원망이나 하고 있어서야 되겠냐고. 내가 당신 행복하기를 바라는데, 그렇게 해서는 행복하고 멀어지기 쉽단 말이지. 그러면 안 되잖아?

그래서 이번에는 나이 먹는 걸 가지고 이야기를 한번 풀어볼까 해. 나이 먹는 것도 괜찮다는 말을 하려고 한다고.

젊은 게 좋은 점, 나이 먹는 게 안 좋은 점은 벌써 이야기했고, 이제 각각 나쁜 점하고 좋은 점만 찾으면 되는 거지?

우리가 흔히 젊음이라고 하면 떠오르는 게 꽃다운, 피 끓는, 이런 말인데 이거 말고 하나 더 있잖아. 방황이란 거 말이야. 젊었을 때 방황하지 않는 사람 드물 거야. 꼭 한밤중에 길 없는 산속을 헤매는 것처럼 뭐 하나 선명하게 정리되는 것도 없고 다 혼란스럽기만 하잖아. 그러다가 서서히 나이를 먹을수록 방황의 강도도 약해지고 혼란스럽기만 하던 인생이 조금씩 정리가 되지.

자, 이쯤 되면 뭔가 생각이 날 법도 한데, 뭐 떠오르는 거 없어? 젊은 게 안 좋은 것과 나이 들어서 좋은 점 말이야. 날이 갈수록 나빠지는 눈 대신 갖게 된 거. 그렇지, 바로 마음의 눈이야. 이걸 지혜라고 해도 좋고, 분별력이라고 해도 좋고, 철이 있다, 없다 할 때 그 철이라고 해도 좋아. 한마디로 세상을 보는 눈이 밝아졌단 말이야.

젊을 때는 무슨 안개가 자욱이 낀 것처럼 당최 뭐가 뭔지 분간이 안 되던 것들이 점점 또렷해지는 거라. 그러니까 아무래도 감정적으로 막 흔들리는 일이 적어지지. 나무를 봐도 그렇잖아. 어린나무들은 바람이 조금만 불어도 밑동까지 휘청휘청하는데 큰 나무들은 바람이 웬만큼 불어도 초연하게 서 있어. 사람도 마찬가지야. 젊을 때는 사소한 말 한마디, 행동 하나에 당장 세상이 없어질 것처럼 괴로워하지만 나이가 들어갈수록 이런 일이 줄어들거든.

인생이란 놈이 그렇게 혼란스럽지만은 않다는 거야.

다른 좋은 점도 있지만 나는 이게 제일 좋아. 지혜가 생긴다는 거, 그리고 마음이 평온해진다는 거 말이야. 내 식대로 말하자면 인생의 공식을 터득하게 되는 거라. 이건 아무리 지식이 많아도 소용없는 거거든. 반드시 그만한 경험을 쌓아야 하는 거란 말이지. 그런데 세상에 공짜가 없듯이 이것도 공짜로 되지는 않아. 젊음은 그냥 가만있어도 되는 거지만 지혜는 그냥 쌓이는 게 아니거든. 흔히 젊은 놈들이 나이 많은 사람 욕할 때 '나이를 어디로 먹었냐.'고 하는 게 그냥 나온 소리가 아니야. 나잇값을 못 하는 사람들이 있긴 있단 말이지. 이런 사람들은 나이를 먹은 게 아니라 그냥 늙은 거야. '어른'이 아니고 그냥 '늙은이'란 거지. 나이가 들수록 쌓이는 경험과 지식을 잘 버무려서 소화를 해야 자꾸 성숙해지는데, 그걸 못했으니까 고집불통에다가 욕심만 많은 늙은이가 돼버리는 거라.

이제 '나이 먹는 것도 괜찮아.'라는 말의 진짜 뜻을 알겠지? 그냥 나이 먹는 게 괜찮은 게 아니라 '나이 먹는 것도 괜찮을 만큼 잘 살아야 한다.'는 뜻이란 말이지.

또 하나 나이 먹어서 좋은 건 옛날에 뿌렸던 씨앗을 추수하는 재미가 있다는 거야. 내 나이가 인생에서 가을쯤 되는 것 같아. 보기에 따라서는 늦가을일 수도 있지만 어쨌든 추수의 계절이잖아.

뭘 뿌리고 뭘 추수하냐 하면 마음을 뿌리고 마음을 추수하는 거야. 내가 젊었을 때부터 봉사를 했잖아. 어떻게 하면 조금 더 행복으로 다가가게 할 수 있을까 하는 마음으로 이 사람 저 사람을 도왔잖아. 이 사람들이 그 자리에서 사는 게 아니라 전국 팔도는 물론이고 외국에 나간 사람들도 있어. 한번은 이스라엘에서 편지가 왔는데 나 때문에 공부 잘하고 있대. 오래된 일이라 확실히 기억나진 않는데 아마 등록금을 조금 도와준 일이 있었던가봐.

이렇게 꼭 편지를 보내고, 찾아와서 고맙다는 인사를 하지 않아도 그저 띄엄띄엄 잘 지낸다는 소식을 들으면 그게 기쁨이고 재미인 거라. 그때는 계산 없이 하는 조그마한 배려였는데, 그 사람들이 잘 사는 걸로 갚아주니까 장사로 치면 곱빼기 장사지.

겨우 이거냐고? 뭔가 큰 걸 기대했는데 겨우 마음의 눈이니 봉사 후일담이 고작이냐고? 그래, 그렇게 이야기할 수도 있겠다. 나한테 중요하다고 해서 다른 사람도 똑같이 중요하게 생각하라고 하는 건 안 되지. 지혜를 중요하게 생각하지 않는 사람한테 억지로 강요할 마음은 나도 없어. 그런 사람들은 알아서 해.

알아서 하는데 이건 명심해야 할 거야. 나이 60이 넘어서도 안갯속을 헤매듯이 살아야 한다는 거 말이야. 젊을 때는 기운이라도 넘쳐서 여기저기 헤집고 다녔지만 이제는 그것도 안 된다는 거. 그리고 언제든지 젊은 것들한테 '나이만 먹은 늙은이'라는 욕을 들을 각오를 하고 있을 것.

내가 지혜를 제일로 꼽았다고 해서 당신까지 꼭 그래야 한다는 건 아니야. 하지만 그게 2등이든, 10등이든 간에 나이 먹는 데 꼭 필요한 필수품이란 거야. 이 필수품을 챙겨야 젊은 사람들이 훗날의 당신을 볼 때 '아! 저분처럼 늙고 싶다.' 이런 말이 나오게 되는 거라고. 이 말을 풀어보면 초등학교 때 '장래 나의 희망'을 적듯이, 나이 먹음에 있어서는 당신이 장래 희망이 되는 거란 말이지.

이왕 나이 먹는 거 당신을 위해서나 젊은 사람들을 위해서나 희망으로 늙어가는 모습을 보여주는 게 좋지 않겠냐고.

그리고 또 한 가지 잊지 말아야 할 게 있어. 지금 당신이 60대의 '어른'을 보고 저분이 나의 희망이라고 할 수 있듯이, 당신보다 훨씬 어린 사람이 당신을 보고 저분이 나의 희망이라고 할 수 있다는 거.

새로 산 구두를 신으면

좀 불편하기도 하고 더러 발뒤꿈치가 까지기도 하잖아.

이걸 길을 잘 들여서 신어야 편해지지

아무렇게나 신으면 금방 망가져.

나이 드는 것도 마찬가지야.

나이를 잘 먹어야 갈수록 마음이 평안해지는 거야.

곤란 없기를
바라지 마

　요새 다들 살기 어렵다는데 당신은 어때? 먹고살 만해? 열에 아홉은 세상살이 참 팍팍하구나, 하고 있지? 봄이 와서 그런가, 슬슬 경기가 풀린다고는 하는데 풀린 경기가 돌고 돌아서 서민들 집까지 가려면 시간 좀 걸릴 거야. 하긴 그것도 왕창 풀려야 서민들까지 영향이 갈 테고, 풀려도 서민들 살기는 여전히 어려울 거라는 이야기도 있더라고.

　잠깐 지난 세월을 한번 돌아봐. 옛날에는 어땠어? 살기 괜찮았어? 평안했던 날보다는 슬프고 화나고 답답했던 날들이 훨씬 많을 거야. 그렇다고 좀 참으면 앞으로 나아질 거라는 보장이 있냐 하면 그것도 아니지.

'이 할머니가 공식 가르쳐 달랬더니 살살 약이나 올리고 뭐 하자는 거야?'

성질 급한 사람은 대뜸 이렇게 이야기할 수도 있어. 그래, 살기도 힘든데 위로는 못 해줄망정 혈압 오르는 소리만 해대니까 화가 날 만도 하지.

그런데 말이야, 내가 위로를 못해서 이러는 게 아니야. 위로라고 하면 나도 웬만한 사람보다 잘 할 자신이 있는데, 그래봐야 우선 먹기는 사탕같이 달아도 입맛만 버리니까 좋을 거 없잖아. 지금은 위로하려는 게 아니고 한 방 쏴 주려고 하니까 너무 야속하다 생각 말고 잘 들어봐.

경제가 워낙 어려우니 밤낮으로 경제만 붙들고 힘들다 하는데, 경제가 이렇게 어렵지 않을 때는 어땠어? 그때는 신나게 살고 있었어? 정말 살맛 난다, 이러고 있었냐고. 무슨 일인지 정확히는 몰라도 분명히 어려운 일이 있었을 거야. 다쳐서 병원에 있었다든지, 아니면 가족 중 누가 아프다든지, 사랑하는 사람하고 헤어졌다든지, 갑자기 목돈 들어갈 일이 생겨서 계획했던 일을 못 했다든지.

지난날도 힘든 일이 있었고 지금도 힘들고 앞으로도 힘들 가능성이 크다, 이렇게 정리가 되지? 이쯤에서 뭐 느껴지는 거 없어? 앞 페이지 제목을 한번 봐. '곤란 없기를 바라지 마.'라고 쓰여있지? 왜 곤란 없기를 바라지 말라고 하냐면, 곤란 있는 게 당연한 거거든. 언제 편할 날 올까 하면서 한숨 쉬어봐야 아무 소용없어. 내 나이 65살에 뒤돌아보니까 곤란 없는 날보다 있는 날이 더 많더라니까. 주변에 나이 많은 어른들한테 물어봐. 대답이 똑같이 나올 거니까. 좋은 시절이 없지는 않았겠지만 저울로 달아보면 아무래도 '안 좋은 시절'이 더 많았을 거라고.

잠깐 쉬어가는 뜻에서 옛날이야기 하나 들어봐. 뜬금없다고 하지 말고 잘 들어봐. 이거 굉장히 재미있는 거니까.

우리 둘째 딸이 초등학교 4학년일 때 이런 일이 있었어. 벌써 20년 전쯤 일인데, 나는 그때 어디 가고 없었고 애가 혼자서 집 문을 따고 들어왔어. 그 순간에 누가 같이 확 차고 들어온 거야. 미리 살살 뒤따라오다가 애 혼자서 문을 여니까 집에 아무도 없구나, 하고 들어온 거겠지. 고등학생 나이쯤 돼보였다고 하더라고.

갑자기 이런 상황이 닥치면 어른들이라도 비명을 지르게 돼있잖아. 그런데 애가 어쨌는가 하면 "오빠, 누구세요?" 그랬어. 그러니까 그 순간 이 아이는 '오빠'가 돼버리는 거야. 평소 같으면 "내가 왜 네 오빠냐?" 이렇게 대꾸가 나오는 게 맞는데 도둑질하러 왔으니까 자기도 정신이 없잖아. 그러니까 얼떨결에 오빠가 돼버린 거야. 초등학교 4학년짜리가 오빠라고 부르니까, 이 아이가 대답할 말을 못 찾고 좀 더듬거렸나 봐. 그러니까 딸애가 이번에는 근처에 있는 고등학교 이름을 대면서 그 학교에 다니냐고 물어보니까 맞다고 대답을 한 거야. 이쯤 되니까 나쁜 짓 하러 들어왔다가 졸지에 '무슨 고등학교 다니는 오빠'가 되어버린 거야. 그다음에 이렇게 일이 진행됐어.

"그런데 오빠, 우리 집에 왜 왔어?"

"어? 배고파서."

"어, 그래? 그럼 부엌에 가서 먹고 싶은 거 먹어. 그런데 오빠, 나는 지금 너무 무섭거든. 그러니까 내 방에 가 있을게."

이러고 자기 방에 들어간 거야. 얼마 안 있어서 중학교 1학년이던 큰딸이 들어오니까 빵을 먹다가 후다닥 뛰어나갔대.

참 어수룩한 도둑도 다 있지? 4학년짜리 각본에 속아가지고 빵이나 먹다가 도망치고 말이야. 그런데 그 아이가 진짜 어수룩한 도둑이었냐 하면, 아니었어. 나중에 보니까 그 아이가 급하게 나가느라고 못 가지고 간 게 있더라고. 딸애하고 이야기하면서 신발장에 슬쩍 올려둔 모양인데 둘둘 말아놓은 걸 펴 보니까, 세상에 그 안에 칼이니 드라이브니 하는 흉기들이 들어 있는 거야. 언제든지 강도로 돌변할 수 있는 아이였단 말이지.

내가 오랜 세월 교화한다, 상담한다 하면서 교도소를 드나들다 보니까 도둑놈들이 무슨 마음으로 흉기를 들고 들어가는지 잘 알아. 이놈들이 이구동성으로 하는 말이, 흉기를 들고가는 건 당장 그걸로 어떻게 해보겠다는 게 아니라 신고를 하려고 한다거나 돈을 안 내놓거나 할 때 겁을 주려고 갖고 간다는 거야. 그놈들한테 이런 말이 맞는지는 모르겠는데, 이를테면 자기 호신용이라는 거지. 계획된 경우도 있지만, 대부분 사고는 우발적으로 일어나.

내가 계속 이야기를 하니까 듣긴 해야겠는데 한쪽으로 이런 생각이 떠오르고 있을 거야. '4학년짜리가 그 상황에 당황도 하지 않고 도둑을 오빠로 만들었으니 분명 보통 아이가 아닐 거야.' 이게 아니면 '이 할머니가 거짓말을 하고 있다.'는 생각이겠지. 안됐지만 둘 다 '땡'이야. 노래자랑에서 한 소절도 제대로 못 불러보고 '땡' 소리 듣는 거랑 똑같단 말이야.

우리 딸이 명랑한 구석은 있어도 그 정도로 대단한 애는 아니거든. 왜 위기를 벗어날 수 있었냐면 평소에 훈련을 잘 받아서 그래.

내가 항상 집에 도둑이 들어오면 절대 신고할 생각도 하지 말고 고함도 치지 마라, 들어오면 들어왔구나 하고 다 갖고 가라고 해라, 그리고 너는 무섭다고 솔직하게 말하고 네 방으로 들어가라, 이렇게 훈련을 시킨 거야.

딸애 입에서 불쑥 오빠라는 말이 나온 것도 내가 항상 짜장면 배달 온 아이라든지, 뭐 고쳐주러 온 아이라든지, 나이가 아주 많지 않으면 아저씨라고 부르지 말고 '오빠'라고 부르라고 했기 때문이고. 그건 그냥 나이가 많아서 오빠가 아니라 모든 사람을 연민을 갖고 대하라는 뜻이었지.

도둑도 그렇지만 사고도 언제든지 당신을 찾아올 수 있어. 신문이고 뉴스를 보면 하루도 사고가 없는 날이 없잖아. 교통사고가 나서 몇 명이 죽고 몇 명이 다쳤다더라, 불이 나서 몇 집이 홀랑 타 버렸다더라, 누가 사소한 시비 끝에 누구를 죽였다더라. 하루라도 이런 뉴스 없는 날이 있었어? 없잖아. 그런데 그게 전부 다 남의 일인 거라. 사고 난 사람이 계속 나고, 죽은 사람이 계속 죽고, 불 탄 집이 계속 불타는 거야? 아니잖아. 나한테도 언제든지 일어날 수 있는 일이란 말이야.

이제 내가 왜 도둑 이야기를 했는지 확실히 알겠지? 사람들이 대개 안 좋은 일이 생기면 '에이, 재수 없어.' 이렇게들 반응하는데, 그게 아니야. 재수가 없는 게 아니라 당연한 일이 일어난 것뿐이야. 매일 누군가에게 일어나는 일인데, 그게 당신만 비켜 갈 거라고 생각하는 게 얼마나 어리석어? 남들은 다 돈 내고 전철 타는데 혼자서만 공짜로 가려고 하는 심보하고 똑같다니까. 좀 기분이 나쁘고 당황스럽더라도 '나한테도 왔네.' 하고 담담하게 받아들이란 말이야. 문밖에, 그러니까 마음의 문밖에 세워두지 말고 얼른 안으로 들여와. 그리고 그 곤란에 잘 대처를 하란 말이지. 이게 되려면 평소에 언제나 나한테도 나쁜 일이 생길 수 있다, 다만 아직 내 순서가 아닐 뿐이다, 이런 생각을 갖고 살아야 하는 거야. 그리고 다른 사람한테 그런 일이 일어나면, 나는 저럴 때 이렇게 대처를 해야겠다, 하고 미리 작전을 세워두란 말이지.

재수 없다고, 왜 나한테 이런 일이 생기냐고 자꾸 불평해 봐야 소용없어. 문밖에 세워두고 '우리 집에 왜 왔냐?' 노래 불러봐야 그놈이 가기는커녕 저쪽으로 가려던 다른 곤란도 같이 불러온다, 그 말이야. 사고 같은 곤란도 그렇고 병도 마찬가지야.

예를 들면 감기에 걸렸단 말이야. 그런데 병균이란 놈한테 '나 너 싫어, 나가.' 하면 '알았어.' 하고 말귀를 알아들으면 좋은데, 그게 되냐고. '아, 나도 감기에 걸렸구나.' 하고 얼른 인정을 하고 몸조리를 해야지, 벌써 몸에 들어온 병균에다 대고 왜 왔냐고 고함지르고 술 먹어봐야 합병증만 생겨.

마음의 문이라는 건 사람한테만 여는 게 아니야. 나한테 오는 곤란한테도 문을 열어 놓아야, 그 곤란이 나를 괴롭게 하지 않는단 말이야. '언제나 편한 세월이 올까?' 이런 투정은 하지도 말고 생각하지도 마. 그런 세월은 없으니까. 불편한 세월이 당연하다고 생각하고 편안하게 받아들이고 잘 달래면, 그게 바로 편한 세월이 되는 거야.

대박 바라면서 로또 사는 사람 많지?
확률이 번개 맞을 확률보다 낮다느니 어쩌니 해도
매주 그 돈벼락을 맞는 사람이 나오니까
혹시나 하고 사는 거잖아.
그런데 곤란은 매주가 아니라 매시간 오는 거야.
확률로 따지면 100%라고 할 수 있지.
그러니 불평하거나 낙담하지 말고 얼른 받아들여.
그리고 힘을 내서 당당하게 그 어려움에 맞서 봐.

사람은
한 번은
행복해야 해

봉사활동을 오래 하다보니까 팔자에 없는 공무원 생활을 3년 동안 한 적이 있어. 아는 분이 소개를 해서 영암군청 사회복지과에서 일을 하게 됐는데, 독거노인 돕고 소년소녀 가장 돕는 게 내 공적인 일이자 사적인 일이었지.

다 힘든 사람들이었지만 그중에 정신지체자인 엄마가 딸 둘을 키우는 집이 있었어. 아버지는 오래전에 죽었고. 원래는 딸이 셋이었는데, 막내딸이 냇가에서 놀다가 물에 빠져 죽었대. 별로 깊지도 않은 물이었는데 워낙 어린애다 보니까. 시골에서는 애들이 자기들끼리 마음대로 놀러 다니고 그러잖아. 그 엄마가 정신이 좀 그래도 그 딸 얘기만 하면 마음이 좀 그런가봐. 금방 눈물이 비치는 게….

내가 일주일에 한 번씩 가서 돌봐주는데, 얼굴은 알아도 내가 누군지는 잘 몰라. 그저 도움 주는 사람 정도였겠지. 그러다가 어느 날 저렇게 불쌍한 사람들, 한 번은 행복을 느끼게 해주고 싶다는 생각이 들더라고. 대변 싸놓은 것이 고구마처럼 딱딱하게 굳어 있는 집에서 정말로 인간 이하의 생활을 하고 있는데, 그들에게 무슨 희망이 있겠냐고.

그 무렵에 추석이 다가오고 있었어. 추석을 행복을 주는 날로 결정하고 선물을 뭘로 할까, 혼자서 생각을 했지.

추석 즈음이 됐을 때 두 딸을 데리고 목욕탕에 갔어. 가서 머리부터 발끝까지 원 없이 씻겨가지고 새 옷을 입히고 그 엄마까지 내 차에 태우고는 동네 슈퍼마켓에 데리고 간 거야.

슈퍼 입구에서 내가 뭐라고 했냐 하면, 이 슈퍼마켓 안에 있는 것 중에 너희 셋이 사고 싶은 거 다 고르라고 했어. 사고 싶은 게 뭔지 이 슈퍼마켓 안에서 한번 마음껏 다 골라봐라, 그랬어. 내 식으로 그들에게 행복을 느끼게 해주는 거야.

그랬는데 그 말만 들어도 애들이 가슴이 두근거리는가봐. 애들이 맨날 남이 주는 거 하나씩 얻어만 먹다가 필요한 거 다 사라고 하니까 얼마나 행복해. 셋이 얼마나 기분이 좋겠어.

그래, 바구니 두 개 들고 다니면서 이것저것 골라 왔는데 지금 돈으로 치면 몇 만 원도 안 되는 거야. 그래서 내가 또 밀어 넣었어. 더 사라고.

그렇게 해가지고 이런저런 과자에 참기름에 과일, 음료수, 식용유니 하는 것들을 사 왔는데 계산하고 보니까 보따리가 세 개야. 그걸 차에다 싣는데 그때 그들이 나를 보는 눈빛이, 정신이 좀 그런 엄마도 그렇고 딸들은 이제 겨우 초등학교 1학년하고 2학년이니까 표현을 잘 못하잖아. 그 눈빛이 평생에 오늘 한 번 행복하다고 말하는 것 같은 거야, 내 느낌이.

그때 그 눈빛을 아직 잊을 수가 없어. 그 눈빛이 예전에 나한테 고구마 줄기를 줄 때랑 비슷했던 것 같아. 한번은 고구마 줄기를 깔 때 간 적이 있었는데 그걸 까다가 나한테 주는 거야. 나보고 까라는 게 아니라, 내가 항상 먹을 거며, 입을 거를 갖다주는데 자기는 줄 게 없으니까 그걸 내밀었던 거라. 이 사람이 말은 제대로 못해도 눈빛을 보면 알 수 있잖아. 그때 눈빛과 슈퍼에서 나왔을 때의 눈빛이 비슷했단 말이지.

작년에 영암에 갈 일이 있어서 한번 찾아가 봤더니 아직까지 나를 알아보더라고. 9년 만에 만났는데도 말이야.

어떤 사람은 나보고 객기로 그런 거 아니냐고 할지도 모르지만 그런 거 아니야. 내가 오늘 한 달 봉급 다 털어서라도 이들에게 행복을 심어주겠다, 내가 그거 하나 못해 주겠냐, 봉급보다 더 많이 사면 내가 은행에서 찾아서라도 못해 주겠냐, 그런 생각을 한 거야. 한 번의 행복을 심어주는데, 딴 사람들은 집 한 채는 사줘야 행복하다는데 그 사람들이 슈퍼 가서 사면 얼마나 사겠어?

나는 사람은 정말 한 번은 행복해야 한다, 물론 오래 행복하면 좋겠지만 평생을 불행하게 살아온 사람들도 한 번은 행복해야 한다고 생각해. 태어날 때부터 불행 속에서만 살았다고 해도 단 한 번, 단 한 순간만이라도 행복할 때도 있었다는 느낌을 주고 싶었던 거야.

'김성만' 이 오누이도 이런 경우였어.

20년 전에, 그러니까 시퍼렇게 얼어 있던 군사독재 시절에 '유학생간첩단 사건'이란 게 있었어. 그때 미국에서 유학하고 있던 성만이도 이 사건에 얽혀서 사형을 선고받았어. 무슨 큰 죄를 지어도 사형수가 되면 억울한 게 있고 분통이 터지는데 조작된 게 뻔한 일로 사형 선고를 받았으니 그 심정이야 말로 다 못하지.

성만이를 처음 만난 건 그 친구가 서울구치소에서 하루하루 피를 말리는 심정으로 집행날짜만 기다리고 있을 때였어. 알다시피 사형수는 집행날짜가 정해진 게 아니라서 본인도 언제 죽을지 몰라. 면회인 줄 알고 나갔다가 그대로 사형 집행장으로 갈 수도 있거든. 그러니 하루하루 피가 마를 수밖에.

그러고 있는데 미국에서 공부하고 있던 여동생이 면회를 왔어. 마냥 국내에 있을 수 없으니까 이제 마지막으로 오빠를 본다는 심정으로 온 거야. 그런데 참 기가 찰 노릇인 게, 면회 시간이 고작 15분이라는 거야. 여동생이 언제 죽을지도 모르는 오빠 얼굴을 마지막으로 한 번 보겠다고 11시간을 날아왔는데 15분이라는 게 말이 되냐고? 거기다가 면회라는 게 그래. 다들 영화에서 많이 봐서 알겠지만 철창하고 유리 벽으로 막혀 있잖아. 그 너머로 오누이가 얼굴만 쳐다보고, 손 한 번 못 잡아보고 마지막 만남을 갖는다는 게 말이나 돼? 아무리 어처구니없는 세상이라도 그 꼴은 내가 못 보겠더라고.

그래서 고민 고민하다가 계획을 세웠어. 그때 내가 '사계절 선교회' 회원으로 재소자들을 상담하고 있었는데 그 여동생을 우리 회원으로 꾸며서 몰래 데리고 들어가는 계획을 짠 거야.

먼저 '분장'을 해야 하는데 이게 쉽지가 않더라고. 선교회 회원들보다 10년은 더 어리니까 의심받지 않으려면 나이가 좀 들어 보이게 해야 했거든. 이리저리 머리를 써가지고 꾸미긴 했는데, 이 사람이 단발머리에 얼굴도 동안이어서 한눈에 보기에도 딱 어려 보이는 거라. 그래도 어떡해. 이왕 마음먹었으니까 실행을 해야지.

같이 손을 잡고 교도소 입구에서부터 상담실까지 걸어가는데 그 길이 그날따라 얼마나 멀게 느껴지는지, 참 둘이 맞잡은 손에서 땀이 고이더라고. 가슴은 콩콩 뛰고 말이야.

그때 내가 '안 들켜야지' 하는 생각이 아니라 들키면 그만큼 형벌을 받겠다는 마음을 먹었어. 내가 실패를 해서 형벌을 받는 한이 있더라도 시도는 해봐야겠더란 말이지. 억울하게 사형수가 되어서 당장 내일이라도 죽을 수 있는 오빠와 그 오빠를 마지막으로 보겠다고 11시간을 날아온 여동생, 그 오누이도 마지막으로 손이라도 한 번 잡아보게 하고 싶었던 거야.

교도관들이 진짜로 몰랐는지 알고도 봐줬는지 모르겠지만 다행히 들키지 않았어. 덕분에 15분이던 면회 시간이 1시간 30분으로 늘어났지. 그 후에 세월이 변해서 성만이는 무기수로 감형됐다가 13년 2개월 만에 광복절 특사로 풀려났어. 지금은 결혼도 하고 아이까지 하나 낳아서 잘살고 있지.

이 세상 두 번, 세 번도 아니고 딱 한 번 왔다가 가는 건데 괴롭게 사는 것이 얼마나 가슴 아픈 일이야. 행복했으면 좋겠는데 괴로운 것이 또 있을 수밖에 없잖아. 그래서 해줄 수만 있다면 괴로움 속에서도 한 번의 행복을 주려는 거야. 태어나서 먹고 싶은 것 한 번 제대로 먹지 못한 사람들을 슈퍼에 데리고 가고, 억울하게 사형수가 된 사람에게 마지막으로 여동생의 손을 잡아보게 한 것으로 한 번의 행복을 주는 거야.

왜 그런 일을 하냐고? 내가 행복하기 위해서야. 내가 그들에게 준 행복이 몇 배로 커져서 나한테 되돌아오니까.

평생을 불행하게 살아온 사람들도 한 번은 행복해야 해.

길게 오랫동안 행복하게 해줄 수 있으면 좋은데

그건 너무 어려운 일이니까 잠깐이나마

행복한 순간을 주자는 말이야.

돈과 시간을 많이 들이지 않아도 돼.

경우에 따라서는 과자 한 봉지로도

평생 잊지 못할 행복한 순간을 줄 수 있거든.

기본공식4

'당신 오늘 사람 참 잘 만났다'고 말해봐

"당신 오늘 사람 참 잘 만났다."

나는 사람을 처음 만났을 때 이 말부터 해. 내 특별한 인사말인데 재미있지 않아? 지금 당신도 그렇겠지만 내가 이렇게 인사하면 다들 의아한 표정으로 나를 쳐다봐. 저 양반이 무슨 말을 하나 하고. 그러면 내가 이렇게 말해주지.

"당신 오늘 사람 참 잘 만났다니까. 당신에게 피해 안 주고, 거기에다 어떻게 잘해줄까 하는 마음까지 가진 사람을 만났으니, 사람 잘 만난 거 아닌가?"

그럼 사람들이 '아, 예' 하고 멋쩍게 웃어. 당신도 웃었어?

뜬금없이 의자 이야기를 하려고 하는데, 다 필요해서 하는 이야기니까 잘 들어봐.

내가 재작년에 상담실을 열었어. 나이 60이 넘어서 상담실까지 열고 대단하지 않아? 고민 있으면 놀러 와. 고민 없이 와도 괜찮고.

어쨌든 그때 물건을 몇 가지 샀는데, 다른 건 별로 비싼 게 아닌데 딱 하나 비싼 게 있어. 의자야. 딱 보면 좋은 거라는 걸 알 수 있어. 그만큼 좋은 거야. 상담실 오픈 축하한다고 찾아온 사람들 거의 다가 이 의자를 보고 고개를 갸우뚱해. 상담실에 이런 의자가 왜 필요할까? 하는 거겠지. 게다가 내가 평소에는 워낙 비싼 물건에 관심이 없거든. 그러니까 더 궁금했겠지.

그래, 한 사람이 조심조심 묻는 거야. 이 의자가 뭐냐고. 그래서 내가 슬쩍 웃으면서 대답해 줬지.

"이 의자는 내가 앉을 의자가 아니라 당신이 앉을 의자요. 내 마음에 당신이 쉬어 갈 빈 의자 하나 마련하는 심정으로 비싼 돈 주고 산 거니까 편하게 앉아요."

그러니까 이 의자는 상담하러 온 사람들이 마음 편하게 이야기하라고 내가 준비한 작은 정성이지. 정성이야 작지만 값은 비싸. 그냥 작은 정성만은 아니라는 말이야. 비록 내가 그들에게 큰 도움이 못 돼도, 잠시라도 이 편한 의자에 쉬게 해서 보내고 싶은 내 마음의 정표야, 이 의자가.

내가 사람을 처음 만났을 때도 그래. 그때 내 마음이 꼭 이 의자 같은 거야. 그러니 사람 잘 만난 거지.

　내가 상담실 오픈한다고 지금까지 정을 나눈 사람들한테 초대장을 보냈는데, 그 내용이 이래.

　행주를 세제에 한 번 삶고, 그리고 맑은 물에 한 번 더 삶는다. 60년 넘게 살아온 내 인생의 보이지 않는 터널에서 매일 버리고 매일 지우고, 그러면서 쓰려졌다 다시 일어났다. 나는 이제 더 이상 남은 것이라곤 없다. 나를 필요로 하는 사람에게 아낌없이 나를 내어주고, 나는 나를 마감하고 싶다. 나에게 꼭 필요한 것은 무엇이며, 없어져야 할 것은 과연 무엇인가? 죽음의 문턱에서 세상의 모든 것을 버려야 하듯, 허세와 체면에서 벗어나 진짜로 나는 나로 살고 싶다. 그리고 저기 빈 의자 하나, 앉은 사람 편안하라고 내어놓았다. 누가 와서 앉을 것인가?

　누구라도 좋다. 고달프고 힘든 사연을 안고 찾아오는 내담자, 저 의자에서 희망의 메시지를 안고 용기 있게 일어서게 해줄 그 몫도 저 의자가 해내야 한다.

　우리가 살다 보면 참 많은 사람을 만나고 또 헤어지잖아. 더러는 만나고 싶어도 연락처를 몰라서 못 만나기도 하고. 그렇게 만나고 헤어지면서 잠시라도 상대의 이야기를 진심으로 들어주고, 그 사람이 다시 기운 내고 살아갈 수 있게 해준다면 얼마나 좋아.

그렇게 어려운 일도 아니야. 조금만 마음을 쓰면 누구나 할 수 있는 일이지. 그런 마음만 품고 있다면 당당하게 이런 인사를 나눌 수 있지 않을까.

"당신 오늘 사람 참 잘 만났다!"

그리고 저기 빈 의자 하나, 앉은 사람 편안하라고 내어놓았다.
누가 와서 앉을 것인가?
누구라도 좋다.
고달프고 힘든 사연을 안고 찾아오는 내담자,
저 의자에서 희망의 메시지를 안고 용기 있게 일어서게 해줄 그 몫도
저 의자가 해내야 한다.

버릴 때도
최선을 다해야 해

내 집이자 상담실에 처음 오는 사람들이 하나같이 보이는 반응이 있어. 이리저리 둘러보다가 입을 쩍쩍 벌리는 거야. 너무 깨끗하거든. 가끔 장난기 있는 사람은 심술궂게 탁자 밑 같은 데를 손바닥으로 쓱 쓸어봐. 설마 여기는 먼지가 있겠지, 요런 심보야. 백날 쓸어봐라. 먼지 한 톨 나오나.

그럼 '할머니, 청소만 하고 살아요? 혹시 결벽증 있어요?' 하고 묻고 싶어지지? 청소만 하고 사는 것도 아니고 결벽증이 있는 것도 아니야. 인생 9단쯤 되면 뭐를 해도 다 의미를 새기면서 하는 거야. 그냥 허투루 움직이는 게 아니라니까.

매일매일 청소를 하는 내 심정이 꼭 보름마다 머리 깎는 스님들

같아. 스님들이 번뇌 망상을 잘라 내는 것처럼 매일 한 번씩 나를 닦는다는 뜻이야. 또 내가 언제 이 상태를 그대로 놓고 세상을 떠날지도 모르는데 집이 막 어지러우면 보기 흉하잖아.

고작 청소 하나 하면서 번뇌가 어쩌고, 죽는 게 어쩌고 하니까 영 듣기가 꺼림칙해? 요샛말로 '오버'하는 것 같냐고. 내가 오버하는 건지 잘 읽어봐. 이거 다 읽고 나서도 오버라고 하는지 두고 보자고.

청소라는 게 먼지 쓸고 닦는 것만 청소가 아니잖아. 청소는 깨끗하게 하려는 거고, 깨끗이 하려면 버려야 하거든. 집에 쓸데없는 물건이 있으면 버려야 깨끗해지는 거야. 집 안 구석구석에 1년 내내 한 번도 쓰지 않는 걸 쌓아두고 있으면 진정한 청소라고 할 수 없어. 청소가 정리한다는 뜻도 있는데, 정리가 뭐야? 어느 물건이든 있어야 할 자리에 갖다 놓는 거잖아. 그러니까 내가 안 쓰는 물건이 집에 있으면 그건 제자리에 있는 게 아닌 거지.

왜, 노래도 있잖아. 세상 풍경 중에서 제일 아름다운 풍경이 모든 것이 제자리로 돌아간 풍경이라고. 그래서 이 할머니가 지금부터 당신 집을 세상에서 제일 아름다운 풍경으로 만드는 비법을 전수해 주겠다, 그 말이야. 내가 어떤 물건을 어떻게 버렸는지 잘 봐뒀다가 한 번만 따라 해봐. 어떤 느낌이 가슴을 팍 치고 들어올 테니까.

제일 먼저 상패 버린 이야기부터 할게. 내가 상패가 좀 많았어.

재소자들 상담하고 사형수들 상담하고 그러니까 여기저기서 상을 좀 주더라고. 다른 상들은 모르겠고, 국무총리가 준 상도 있었다는 것만 기억나. 일부러 잊었지. 그 상들이 지금 어디 있는 줄 알아? 난지도에 있어. 왜 버렸냐 하면, 내가 그 상패들을 늘 보고 있으면 은근히 우쭐대겠더라고. 그래서 다 챙겨서 서랍에 넣어두긴 했는데, 그걸로는 좀 부족하더라고. 상이라는 게 주는 자리에서 박수 한 번 치고 칭찬해 주고 끝나면 좋은데, 그게 잘 안되더라는 거지. 이래 봬도 내가 이런 상을 탔는데…, 요런 마음이 생기는 거야. 그리고 누가 올 때마다 그 무거운 것들을 꺼내서 은근히 보여주고 싶어지는 거라.

'야, 이것이 나를 번뇌케 하는구나, 이놈의 상패가….'

그래서 몽땅 싸가지고 난지도에 갖다 버렸지. 나를 불편하게 하니까 제자리에 있는 게 아니지. 그래서 버린 거야. 한 십몇 년 됐지 싶은데, 그때는 난지도에 한창 쓰레기를 갖다 버릴 때였어. 굳이 난지도까지 가서 버린 건 다른 쓰레기 더미 속에 확 묻혀버리라고 그랬어. 동네에다가 버리면 혹시 사람들이 상패 주인이 누군지 알 수도 있으니까 말이야. 그렇게 해서 '은근히 자랑하고 싶은 번뇌거리' 하나를 갖다 버린 거야.

이번에는 옷 버리는 기술을 전수해 줄 거야. 집에 안 입는 옷 있지? 옷이란 게 그래. 아무리 비싸도 안 입게 되는 옷이 있단 말이지. 살 때는 마음에 꼭 들어서 샀는데, 막상 입으려고 하면 꺼려지는 옷이 있단 말이지. 또 좋은 사람한테 선물 받았는데, 그게 자기 취향이 아닌 경우도 있어. 그럼 입지도 않으면서 하염없이 옷장에 모셔두고 있는 거야. 말이 옷이지, 안 입는 옷을 옷이라고 할 수 있어? 쓰레기지. 그런데 옷 같은 쓰레기는 상패하고 달라서 다른 사람이 쓸 수 있잖아. 그럼 얼른 구국의 결단을 내린다고 생각하고 옷장에서 쫓아내 버려. 옷 사이에 쓰레기가 있으면 안 되는 거잖아.

나는 옷을 버릴 때 이렇게 버려. 먼저 하얀 종이에다 이렇게 쓰는 거지.

'이 옷은 드라이가 돼 있으며, 이것은 깨끗한 옷입니다. 산 지 몇 년 됐으며, 내 사이즈에 맞지 않아서 내놓습니다. 필요하신 분은 가져가세요.'

이렇게 써놓고 투명한 비닐 같은 데다 옷하고 쪽지를 가지런히 넣고 경비실 옆에 있는 옷 함에다 올려놓는 거야. 조금 있다 가 보면 없어. 대부분 1시간 안에 다 해결돼. 그럼 기분이 굉장히 좋아. 기쁨만 떠오르는 거야. 꼭 필요한 사람이 가져갔고, 가져간 사람이 누군지도 모르고, 그 사람도 내가 누군지 모르고, 옷장은 옷장대로 넓어지고.

옷 버릴 때는 둘둘 말아서 아무렇게나 버리지 말고 나처럼 한번 해봐. 조금 귀찮다 싶어도 한번 해보면 기쁨이 둥실둥실 떠올라서 다음부터는 하지 말라고 말려도 하게 될 테니까. 그럼, 선물 받은 건 어떡하냐고?

선물 준 사람이 당신한테 마음의 짐 되라고 선물 줬겠어? 준 사람한테 굳이 밝힐 것 없이 구국의 결단을 내려버리는 거야.

얼마 전에 내가 곶감을 한 상자 받았어. 영암 군청에서 일할 때 알던 사람이 보내 준 거야. 그 사람이 직접 따고 껍질 깎고 말려서 만든 거니까, 그 안에 얼마나 정성이 가득하겠어. 그런데 시간이 지나도 내가 안 먹어지는 거라. 요걸 버리지도 못하고 처치 곤란으로 있는데 퍼뜩 드는 생각이 있는 거야.

당장 그 곶감을 싸 들고 호수공원에 갔어. 거기 가면 막 땅에 떨어진 거 주워 먹는 사람이 간혹 있거든. 그 사람한테 줬지. 얼마나 좋아. 그 사람은 맛있는 거 먹어서 좋고, 나는 나대로 짐 덜어서 좋고.

'딸한테 갖다주면 손자, 손녀들하고 잘 먹을 건데 왜 그랬소?'

이렇게 따지고 싶지? 그런데 말이야, 나누는 거는 내 주변에 있는 사람, 내 이웃들한테 전달하는 게 좋아. 만날 내 가족, 내 식구, 내가 아는 사람만 챙기면 세상이 얼마나 쓸쓸해. 거기다가 그 곶감을 먹을 때 우리 딸이 느끼는 기쁨이 크겠어, 그 호수공원에 있는 사람의 기쁨이 크겠어? 똑같은 물건인데 그걸 받아서 기쁨이 더 큰 쪽으로 주는 게 훨씬 좋잖아.

쓰레기라고 그냥 버리는 게 아니야. 버리는 데도 기술이 필요하고 노력이 필요한 거거든. 쓰레기라고 마음대로 버리지 말고 성의

껏, 최선을 다해서 버려야 한단 말이지.

어때, 구구절절 옳은 말이지? 나는 매일 나한테 들어온 물건들을 정리해. 이건 버릴 거, 이건 나눠줄 거, 이건 보관할 거. 이렇게 정리를 하니까 집에 쓰레기가 쌓일 틈이 없는 거야. 어떻게 그걸 매일매일 하냐고? 그러니까 내가 인생 9단이지.

인생 단수를 올리고 싶은 사람들은 버리는 연습을 자꾸 해봐. 그러면 최소한 지금에서 두 급수는 올라간다고 내가 보장하지. 거기다가 쓰지 않는 물건들을 집에서 내보내면 거기 묻어서 근심도 버려질 텐데 얼마나 좋아.

청소도 의미를 새겨 가면서 하고

버리는 것도 정성을 다해서 버려봐.

그러면 당신이 사는 곳이

'세상에서 제일 아름다운 풍경'으로 변할 테니까.

기본공식6

사람은
애나 어른이나
고물고물 잘 놀아야 해

우리가 어렸을 때 애들이 고물고물 잘 논다는 말을 해. 다른 지방에서도 쓰는지는 모르겠는데, 하여간 영호남 지방에서 쓰는 사투리에서 나온 거야. 의태어쯤 되는 말이야.

막 놔두는데도 애들이 혼자 고물고물 잘 놀아. 특별하게 무슨 장난감이 있는 것도 아닌데, 문고리 잡고 놀고 상다리 만지면서 또 놀고. 이런 애들 보고 어른들이 '하! 고것 참 고물고물 잘 노네.' 그러는 거야. 나도 어릴 때는 고물고물 잘 놀았지. 내 이름이 달리 순자겠어? 순하게 놀았으니까 순자지. 혹시 내 사진 봤어? 어때, 아직도 순해 보여?

왜 '고물고물' 이야기를 꺼냈냐 하면, 애어른 할 것 없이 다 고물고물 잘 놀아야 한다는 말을 하려고 그래. 그렇잖아. 장난감을 줘도, 먹을 거를 줘도 자꾸 보채고 떼쓰는 아이들이 있어. 그럼 엄마도 참 피곤하고 힘들지만 보채는 애 스스로도 힘들거든. 하루 종일 칭얼거린다고 생각해 봐. 이만저만 힘이 드는 게 아니야. 그러니까 내가 고물고물 잘 놀아야 나도 편하고 주위 사람들도 편하다 그 말이야.

내가 영암에서 3년 살 때 처음에는 서울에 자주 갔어. 그러다가 한 1년 지나고 난 다음에는 잘 안 갔어. 안 가면 시골에서 혼자 있어야 하잖아. 그럼 논두렁 같은 데 가서 혼자 노는 거야. 밭두렁도 좀 밟아보고 뭣도 밟고. 하도 안 올라가니까 서울에 있는 지인들이 전화를 해. 전화를 해서는 '선생님, 안 올라오고 뭐 하세요?' 그런다고. 그러면 내가 '나 지금 논두렁에서 혼자 잘 놀고 있다, 고물고물.'

그런 것처럼 어른이 돼서도, 특히 나이 먹어서 잘 견디려면 혼자서도 잘 놀아야 해. 지금도 하나 모르겠는데 테레비 애들 프로 중에 '혼자서도 잘해요.'라는 거 있잖아. 애들만 아니라 어른들도 '혼자서도 잘 놀아요.'가 돼야 한다니까. 노인이 만날 자식이나 며느리한테 전화해 갖고 너희들은 왜 나를 안 챙기냐, 외롭다, 아파 죽겠다, 이러면 아주 골치가 아파지잖아. 불려 가는 마음도 괴롭지만 같이 놀아달라고 불렀는데 불퉁거리면서 앉아 있으면 그것도 참 못 할 노릇이지.

이거 별일 아니라고 할 수도 있는데, 사실은 굉장히 심각한 문제야. 요새 신문이니 방송에서 온통 고령사회가 온다고 걱정들 하잖아. 고령사회가 뭐야, 노년기가 아주 길어진다는 이야기거든. 모르긴 해도 그렇게 되면 자살하는 노인들이 늘어날 거야. 다른 나라를 봐도 그렇고 우리나라도 벌써 노인들이 자살했다는 뉴스가 나돌고 그러잖아. 단지 돈 때문에 그런 게 아니라니까. 혼자 있는 걸 못 견뎌서, 외로워서 그런 거야. 통계 같은 걸 봐도 노인들이 자살하는 이유의 첫째가 고독이라는 거야. 그다음이 질병, 돈이고. 왜 고독하냐 하면, 혼자 고물고물 노는 연습을 안 해서 그런 거라고.

요즘 대한민국 사람들 가장 큰 고민이 노후 대비라고 하더라. 40대 중반만 돼도 돈 때문에 불안하다잖아. 사정이 이러니까 마음이 편할 리 없지. 소비가 안 살아나는 것도 다 미래가 불안해서, 노후가 불안해서 지갑을 안 열기 때문이라잖아. 물론 노후에 먹고 살 것 장만해 놓는 것도 중요하지. 그런데 돈만 있다고 노후 대비가 다 되는 건 아니란 말이야. 고물고물 혼자 잘 노는 연습도 중요한 노후 대비라니까.

언젠가 내가 사위한테도 이 말을 했어. 전화를 해서 '장모님, 자주 좀 오세요.' 그러는데 그때 이 고물고물 이야기를 해줬어. 사위가 이 말이 재미있다고 지가 회사 가서 직원들한테도 이야기를 하겠대. 사위는 지방에 있는 연구소에서 근무하기 때문에 주말에만 집에 오거든. 그래서 내가 요롷게 말해 줬지.

'자네도 지금부터 고물고물 잘 놀아라. 주말에 집에 왔는데 마누라가 볼 일 있다고 나가도 자네 혼자 집에서 고물고물 잘 놀고, 또 자네가 없는 사이에 마누라도 고물고물 잘 살아야 된다. 그러니까 각자 고물고물 잘 살아주는 집이 평화로운 집이다. 자꾸 전화해서 어디 갔었냐, 이랬냐, 저랬냐 그러면 안 된다.'

젊은 사람들은 또 '나는 지금은 같이 놀고 나중에 나이 들면 혼자서 잘 놀 거예요.' 할지도 모르겠는데, 그게 당신 마음대로 될 것 같으면 내가 인생 9단 명패 걸고 왜 이 말을 하겠어? 혼자 노는 게 말처럼 쉬운 것만은 아니란 말이야. 연습이 필요한 거라.

젊어서부터 자꾸 누구하고 같이 가야 어디를 가고, 누구하고 있어야지 행복하고, 또 나에게 특별한 이벤트를 해줘야 사는 맛이 나고, 그러면 안 된단 말이야. 자꾸 안 된다, 안 된다 해서 언짢을 수도 있겠는데, 안 되는 건 안 되는 거니까 참고 들어봐.

예를 들면 이런 게 있어. 영화 같은 데서 주인공이 시청 앞 전광판에다 '나 너 사랑해!' 하니까 그걸 딱 보고 있다가 자기 애인을 쪼는 거야. '너도 저런 거 좀 해봐라. 그럼 내가 소원이 없겠다.' 이렇게 말이야. 그렇게 한 번 해주면 정말 소원이 없겠어? 결국 더 큰 걸 바라게 되고, 그러면 상대를 엄청 부담스럽게 하는 거라고. 전광판에 한 번 실었으면 그다음에는 테레비에 광고라도 내야 하는 거 아니냐고. 그다음에는 또 어떻게 해줘야 되겠냐고.

나는 혼자 잘 놀려고 너무너무 연구를 하니까 놀거리가 많은데, 당신한테 뭘 하고 놀라는 말까지는 못하겠어. 다들 자기가 좋아하는 게 있을 테니까. 그냥 내가 뭐하고 노는지만 이야기할게.

나는 가끔 보고 싶은 비디오를 사다 놔. 당장 보는 게 아니야. 나중을 위해서 아껴 놓지. 어느 날 내가 몸이 좀 안 좋아서 나가지 못할 때 저걸 보면서 시간을 보내야지. 음악 같은 것도 있고. 또 내가 호수공원에 자주 가는데, 혼자 가서 놀면 너무너무 좋아. 장미 꽃밭에 앉아 있는 것도 좋고, 그런 데는 친구들하고 가는 것보다 혼자 가는 게 좋아. 같이 가면 장미꽃을 못 봐. 옆에서 자꾸 딴소리들을 해대니까. 가만히 장미꽃을 보고 있으면 내 머릿속에 꽃이 피는 것 같아. 이런 저런 생각들도 정리가 되고 말이야.

전광판에 사랑한다는 말이 안 떠도 정말로 사랑을 느끼고, 고물고물. 딱히 누구랑 가지 않아도 혼자서, 고물고물. 자식들이, 남편이, 아내가 따로 놀아주고 챙겨주지 않아도 고물고물.

아까도 말했지만 이게 말은 쉬워도 그냥 되는 게 아니야. 연구를 해야 한단 말이야. 미리미리 연구를 해놔야 나중에 낭패당하는 일이 없는 거야. 노인이 됐을 때 아침마다 '오늘은 또 뭐 하나…, 사는 게 고역이야.' 이렇게 되면 안 되잖아. 그러면서도 또 자꾸 삶에 애착이 가는 게 노년이고. 이렇게 되면 얼마나 괴롭고 힘들어. 사람 사는 게 그래서는 안 되는 거잖아.

그러니까 지금부터 고물고물 혼자서 잘 놀 준비를 해야 돼. 고물고물 혼자서도 행복할 준비를 해야 돼. 그래야 늙어도, 고령사회가 돼도 외롭지가 않아. 내 말 명심해.

혹시 기억나?
아주 어릴 때 새로 산 장난감 하나로
하루 종일 놀던 거.
그 장난감 하나로 우주여행도 하고 지구도 지키고
혼자서 상상력 하나로 잘 놀았잖아.
지금은 뭐하면서 혼자 놀고 있어?
쓸데없이 외로워할 필요 없어.
혼자서 잘 노는 사람이
같이 노는 것도 잘 노는 법이니까.

이별의
달인이 돼봐

이별하니까 또 남자하고 여자하고 사귀다가 헤어지는 것만 생각하고 있지? 그래, 그것도 이별이고, 그런 이별에도 달인이 돼야 해. '나 버리고 잘 사나 보자', '절대로 못 헤어진다.'고 울고불고 강짜를 부리면 보기 흉하잖아. 그냥 손 탁탁 털고 '끝' 해버리면 쿨하고 보기에도 좋잖아. 매달리고 저주한다고 마음 떠난 사람이 돌아오길 해, 아니면 돈이 생기기를 해. 그렇게라도 해야 속이 시원하겠다면 그렇게 해봐. 다 당신만 손해지.

내가 지금 진짜 하고 싶은 말은 뭐냐면, 세상 사는 게 다 이별이라는 거야. 고향을 떠나는 것도 이별이고 오랫동안 쓰던 물건이 못 쓰게 돼서 버리는 것도 이별이지. 자식을 결혼시키는 것도 이별이고, 자식 입장에서는 결혼하는 게 부모와 이별하는 거지. 그래저래 이별하고 또 만나고 살다가 맨 마지막에 오는 이별이 있어. 그게 뭘까?

그래, 맞아. 바로 죽음이야. 그것이야말로 제일 큰 이별이지. 몇십 년 동안 씻고 입히고 먹이고 가꿔온 몸하고 이별하는 거야. 그게 무엇이든 정을 준 것하고 헤어지는 게 모두 다 이별이야. 그러니 이별의 달인이 되지 않고서는 인생이 고달파.

여기까지 무슨 말인지 알아듣겠지? 자, 그럼 이별의 달인이 되려면 어떻게 해야 할까? 그게 무슨 자격증이 있는 것도 아니고 학교에서 배울 수 있는 것도 아니고.

이별의 달인이 되는, 그러니까 쿨한 이별을 하는 데 방해가 되는 게 뭐라고 생각해? 집착이야. 이 집착이라는 놈 때문에 힘든 거야. 몇십 년 동안 대통령 해 먹는 사람도 권력의 집착 때문에 그렇고, 수단 방법 안 가리고 국회의원 되겠다는 사람들도 그 자리에 집착이 생겨서 그렇지. 남녀가 이별할 때도 그래. 사랑이 통 없다고는 말 못 해도, 사랑이란 것과 집착이란 놈이 교묘하게 섞여 있어서 이별이 힘든 거거든.

사실 이거 내가 말 안 해도 어릴 때부터 귀에 못이 박히도록 들어온 이야기고, 진짜 알고 싶은 건 집착을 버리는 방법이겠지.

방법이야 여러 가지가 있겠지만 왕도는 나도 몰라. 그냥 내가 겪은 이야기만 해줄게.

내가 사형수들 만나고 다니잖아. 그러면서 깨닫게 된 건데, 모든 사람이 전부 다 사형수라는 거야. 사형수란 게 집행날짜가 정해진 게 아니거든. 언제 죽을지 몰라. 우리도 그렇잖아. 오늘 죽을 수도 있고 내일 죽을 수도 있지. 교통사고니 무슨 폭발이니 해가며 얼마나 많은 사람들이 갑작스럽게 죽어가고 있어? 그런데 다 남의 일이야. 무사태평이야. 영원히 살 것처럼. 사형수들은 안 그래. 그들은 매 순간 극도의 긴장 상태에서 죽음을 의식하면서 하루하루를 보내고 있어. 이게 감옥 안의 사형수와 감옥 밖의 사형수가 다른 점이야.

나는 감옥 밖의 사람인데, 오랜 세월을 사형수들하고 가까이 지내다보니까 그들의 삶을 뼛속 깊이 이해하게 되어 버렸어. 어느 날 갑자기 '쿵' 하고 깨달은 게 아니라 안개비에 옷 젖듯이 조금씩 조금씩, 그렇게 한 10년 지났을까, 내 머릿속에 이런 말이 박혀있더라고.

'나는 언제든 죽을 수 있다. 그러니 내 사전에 내일은 없다. 바로 지금이 언제나 전부다.'

이게 참 요상한데, 꼭 무슨 주문처럼 내 마음과 행동에 미련이나 욕심, 그러니까 집착이 줄어드는 거야. 그러고는 내게는 오늘, 아니 지금 이 순간뿐이다, 나중에 후회할 일은 어떤 것도 남기고 싶지 않다, 후회할 일이 많으면 죽는 순간 얼마나 죽음을 탓하고 원망하게 될까 하는 생각이 따라오는 거야. 거기다가 보너스로 주변을 항상 정리하는 습관까지 생기더라고. 언제 죽을지 모르는데 지저분하게 해놓고 죽으면 보기 안 좋잖아.

벌써 '그럼 집착 버리려면 사형수들 만나고 다녀야 하는 거요?' 하는 사람들이 몇 보이는데, 내가 다 겪어보고 답 찾아서 가르쳐주잖아. 그러니까 그렇게 안 해도 돼. 얼마나 좋아? 나이 많은 사람이 미리 경험해 보고 가르쳐주니까.

그렇다고 해서 이 말 듣는다고 갑자기 집착이 훌렁 버려지고 그런 건 아니야. 내가 좀 전에 말했지, 안개비에 옷 젖듯이 조금씩 깨닫게 된 거라고. 그러니까 내 말 듣고 흘려버리지 말고, 머리에 잘 넣어 뒀다가 수시로 꺼내서 외워봐. 그럼 얼마 안 가서 옷이 흠뻑 젖게 될 거니까. 그래도 안 되면 날 찾아와. 좋은 의자에 앉혀서 상담해 줄 테니까.

이별의 달인이 되는,

그러니까 쿨한 이별을 하는 데

방해가 되는 게 뭐라고 생각해?

집착이야.

이 집착이라는 놈 때문에 힘든 거야.

한 번 더
산다고 생각해

다들 이런 경험 몇 번씩 해봤을 거야. 분명히 처음 가는 곳인데 굉장히 익숙하게 느껴진다거나 처음 봤는데도 꼭 언젠가 한번 만 났던 사람인 것처럼 느껴지는 거 말이야. 사람에 따라서 횟수는 다르지만 누구나 경험하는 것 같단 말이지.

이렇게 처음 보는 걸 이미 경험한 것처럼, 꿈에서 본 것처럼 느 껴지는 걸 데자뷔라고 한다는 건 다 알지? 그 원인을 놓고 뇌의 착 각이라는 쪽과 전생의 기억이라는 쪽으로 나뉘어 있는 것도 알 테 고 말이야. 학자들이 주장해서 그런지는 몰라도 뇌의 착각 쪽에 무게를 두는 사람들이 많은 것 같은데, 그것도 그렇지 않을까 짐 작하는 것뿐이지 정확하게 증명한 건 아니래.

그래서 나는 그 원인이 정확하게 밝혀질 때까지는 윤회라고 믿을 생각이야. 아직 밝혀진 게 아니니까, 아직 아무도 모르니까 내가 윤회라 생각한다고 해서 누가 뭐라고 할 것도 아니고, 또 사는 데도 도움이 많이 되거든. 세상 보는 눈이 달라지는 거라.

어떻게 달라지고 어떻게 도움이 됐냐고? 다 절차가 있고 과정이 있으니까 차근차근 들어봐. 결과만 알려주면 뻥튀기처럼 헛배만 부르고 남는 것도 없잖아. 윤회만 알고 싶으면 스님한테 듣는 게 제일 빠른데 굳이 나한테 들을 필요도 없고 말이야.

무슨 말인지 알아들었을 테니까 내가 생각하는 윤회부터 들어봐. 스님들은 이 윤회라는 걸 좀 더 깊고 어렵게 생각할지 몰라도 내 보기엔 간단해. 다들 아는 것처럼 그냥 여러 번 생을 반복하는 거야. 그런데 쓸데없이 반복하는 게 아니라 완전해지려고 반복하는 거야. 한 번 사는 것으로 그게 안 되니까 여러 번 되풀이할 수밖에 없는 거거든.

우리가 흔히 '완전히 끝났다.' 이런 말들 하는데, 완벽에 가깝다는 말이지 진짜 완벽한 건 아니잖아. 사람이 하는 일 중에 완벽한 게 어디 있어? 완전하지 못한 사람이 하는 일이 어떻게 완벽할 수 있겠냐고?

여기서 이야기 방향을 살짝 바꿔 보자고. 윤회가 사람이 완전하지 못하기 때문이라고 했잖아. 그게 뭔지는 모르지만 하여튼 뭔가 부족하다는 말이거든. 부족하다는 게 보통 좀 부정적인 뜻으로 쓰이는데 내 보기엔 이게 굉장히 긍정적인 것 같아. 무슨 말이냐 하면 그게 삶의 원동력 같은 거란 말이야. 사람이 늘 부족함을 느끼니까 그걸 채우려고, 혹은 채울 수 있다는 신념 때문에 힘차게 움직이는 거거든. 그게 없으면 엔진 없는 자동차하고 다를 게 없는 거라.

자기한테 부족한 게 뭔지 모르고 사는 사람이나 진짜 완벽해서 부족한 게 없는 사람이 무슨 맛으로 살겠어? 그러니까 뭐든 부족하다고 불평만 하지 말고, 이게 다 내 에너지원이라고 생각해. 그러면 사는 게 훨씬 더 편해질 거야. 달라이 라마도 그랬잖아.

'나는 해탈을 원하지 않는다. 해탈은 완전함을 뜻하는데, 완전함이란 곧 무와 같다. 나는 윤회가 더 좋다. 아무것도 없는 것보다는 윤회가 훨씬 더 재미있다.'

여기에 더 깊은 뜻이 있는지도 모르지만 어쨌든 내 생각하고 맞는 부분이 있는 거라. 나도 10단, 그러니까 성인이 되고 싶지는 않거든. 해탈은 더더욱 하고 싶지 않고 말이야. 뭐 내가 하고 싶다고 해서 다 되는 건 아니겠지만 어쨌든 별로 구미가 당기는 경지는 아니야.

사람 사는 게 더러 슬픈 일도 있고 기쁜 일도 있어야 재미가 있는 건데 성인은 다 통달을 해버렸으니까 기쁘고 슬픈 게 없잖아. 너무 슬픔에 빠지지 않고, 너무 기쁨에 빠지지만 않으면 사는 게 재미있단 말이지. 미식가처럼 말이야.

윤회가 주는 또 하나의 선물이 있는데 그게 사람을 덜 미워하게 돼. 그리고 무슨 일이든 재빨리 받아들이게 하는 힘이 있는 거야. 받아들인다는 게 잘못된 것도 무조건 받아들이라는 게 아니라 아까 이야기한 곤란을 빨리 받아들일 수 있게 하는 거라.

내 결혼생활이 힘들었고 그래서 결국 이혼을 했잖아. 그렇게 힘이 드니까 왜 이렇게 이 사람들이 나를 힘들게 하는가? 교회도 다니는 사람들인데. 하나님은 왜 나를 이 남자와 만나게 했는가? 이런 고민을 많이 했어. 그런데 머리만 아프지 도저히 이해도 안 되고 받아들여지지도 않는 거야. 그러다가 점점 내 종교를 리모델링해 가면서, 다른 종교의 교리도 받아들이면서 윤회도 받아들인 거야. 그러니까 해결책이 보이더라고.

업이라고 다 알지? 전생의 업이 어쩌고 하는 거 말이야. 이 전생의 업으로 풀어보니까 얽히기만 하던 실타래가 풀리듯, 문제가 싹 풀리더라고. 내가 전생의 업 때문에 이런 인연을 만난 거구나 하고 말이야. 여기서 한 발 더 나가면 다음 생을 위해서 지금 좋은 일을, 그러니까 선업을 많이 쌓아야겠다, 이렇게 되는 거고.

할머니가 갖다 붙이기도 잘 갖다 붙인다고? 너무 편의적으로 생각하는 거 아니냐고?

굳이 그렇게 생각하겠다면 말릴 수도 없고, 그럴 생각도 없어. 그래도 '내 인생은 왜 이 모양 요 꼴이야? 왜 사람들은 나만 괴롭혀?' 이러면서 징징거리고 있는 것보다는 훨씬 낫지 않아? 독도 잘 쓰면 약이랬다고, 어차피 밝혀지지도 않은 건데 내 삶에 도움이 잘 되는 쪽을 받아들이는 게 좋지 않겠냐, 그 말이야.

물론 나쁜 짓 하고 다니면서 '전생에 저놈이 나한테 나쁜 짓을 했을 테니까 당하는 게 당연하다.'고 하는 놈들, '어차피 후생에 내가 지은 죄 내가 다 받을 테니까 지금은 내 욕심 챙기면서 살아야겠다.'고 하는 놈들은 윤회를 독으로 쓰는 것들이고.

"인간은 선업을 통해 미래를 결정할 수 있다. 현재 내 모습이 과거의 업의 결과라 해도, 그것은 체념이 아닌 끊임없는 자각과 반성의 계기로 삼을 수 있다. 즉 업이 있기에 인간은 선해질 수 있다."

도올 김용옥 선생이라고 알지? 그 왜 재밌고 좀 튀는 강의로 더러 욕도 먹는 그 양반이 한 말인데 마지막 말이 특히 내 마음에 들어. 업이 있기에 인간은 선해질 수 있다. 그 양반이 들으면 감히 할머니가 뭔데? 이럴 수도 있지만 그 말을 듣고 보니 이 도올 선생 가짜는 아니군, 하는 생각이 들더라고. 내가 왜 도올 선생 말을 들려주는지 말 안 해도 알겠지?

자, 이쯤에서 씩 웃으면서 도올이 아니라 할머니가 가짜요, 라고 자신 있게 말하는 사람이 있을지도 모르겠어.

그래, 내가 제일 처음에 이 세상 두 번, 세 번도 아니고 딱 한 번 왔다 가는 거라고 했어. 그러니까 내가 이 소리했다가 또 저 소리한다고 생각할 수도 있지. 먼저 칭찬부터 해줘야겠네, 내 이야기를 주의 깊게 들었으니까 말이야.

그렇지만 한 번 더 생각해 봐. 조금 전에도 독도 잘 쓰면 약이 된다고 했잖아. 칼도 강도가 들면 흉기고 어머니가 들면 가족들한테 맛있는 거 해주는 요리도구가 되는 거야. 구분하기 힘든 것도 있지만 대개 우리가 살아가면서 선한 게 어떤 건지, 악한 게 어떤 건지는 알거든. 그러면 가장 쉽게 선한 걸 선택할 수 있는 도구를 찾아야 하는 거야. 그게 때로는 윤회일 수도 있고 때로는 한 번뿐인 인생일 수도 있는 거라.

불쌍한 사람을 보고서 다음 생에는 잘 살겠지 하고 넘어가는 것보다는 세상을 보는 도구를 바꿔서라도 도와주는 게 좋다고 생각하거든. 어쨌든 그렇게 했더니 내 마음이 너무 좋은 거야. 나는 나를 행복하게 해주는 것은 뭐든 좋아하거든. 아마 당신도 그럴 거야.

윤회란 게, 업이란 게

당신을 힘들게 하는 거면

'그런 게 어디 있어?' 하면서 갖다 버려.

그런데 그게 사는 데 도움이 되면,

고된 인생을 사는 당신 마음을

조금이라도 편하게 한다면

받아들이는 것도 나쁘지 않아.

뭐든지 당신 마음을 편하게 하는 거면 받아들여.

그게 다른 사람의 마음을 불편하게 하지만 않는 거라면.

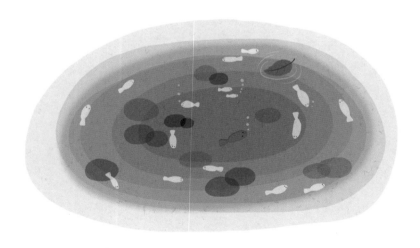

유서는
마음에 걸려 있는 걸
털어내는 계획표야

혹시 유서 써본 적 있어? 설마 앞날이 창창한데 웬 놈의 유서냐고 하는 사람은 없겠지? 지금은 좀 잠잠해졌지만 한때 유서 쓰는 게 유행하고 그랬잖아. 유명 인사들 유서 공개되고 말이야. 남의 유서를 내가 본 일이 없으니 내용은 모르겠지만 그래도 유서 쓰는 건 괜찮은 유행이라는 생각이 들더라고. 유서라고 하면 나도 선각자쯤 되는데, 내 유서 이야기 한번 들어볼 테야? 안 듣고 싶다고? 그러지 말고 한번 들어봐. 40년 동안 매년 12월 31일마다 바꿔써온 유서 보는 게 어디 쉬운 일인 줄 알아?

매년 무슨 할 말이 그렇게 생겨서 고쳐 썼냐고 물을 수 있는데, 그거 아니야. 잘못 짚었어. 유서에서 하는 말을 자꾸 줄이려고 쓴 거야. 어때? 감이 와?

　내가 유서에 무슨 내용을 썼는가 하면, 내가 용서할 수 없는 사람, 내가 잘못을 빌어야 할 사람, 고마움을 표시해야 할 사람들에 대한 사연을 적었어. 사실 처음 유서를 썼던 건 진짜 죽으려고, 그러니까 자살을 하려고 썼던 거야. 딱 사람 하나만 보고 결혼을 했는데 그게 무참하게 깨진 거라. 내가 잘못 본 거지. 남편도 그렇고, 시아버지도 그렇고. 시댁 이야기라 미주알 고주알 여기에다 풀어놓긴 좀 그래. 아무튼 무슨 말이라도 하고 싶어서 유서를 쓰기 시작한 거야.

　그렇게 죽으려고 했는데 친정어머니 때문에 얼른 못 죽었어. 내가 죽었을 때 어머니 마음이 어떨까 생각하니까 못 죽겠더라고. 그때 어머니가 65살이었는데, 당시로 보면 굉장한 고령이었지. 그래서 어머니 돌아가시고 나면 그때 죽으려고 미루고 있었어. 그러다가 큰딸이 생겼고 그다음부터는 내가 책임을 져야 하니까 죽으면 안 되잖아. 그때부터 지금의 유서로 내용이 바뀐 거야.

　어쨌거나 그렇게 적다보니까 얼굴도 모르겠고, 이름도 모르겠는데 그 사람이 나한테 한 모진 소리만 기억나는 것도 있고, 돈 빌려가고 안 갚는 사람, 8살까지 말을 잘 못하던 나한테 벙어리라고 놀리던 사람, 친구나 친척 중에 나한테 상처 준 사람까지. 아무튼 기억나는 대로 구구절절한 사연을 적는 거야. 그렇게 죽 적어놓고 1년 동안 거기에 적힌 걸 잊고 용서하는 연습을 하는 거야. 그러다

보니까 용서가 되는 사람도 있고, 잊어버릴 수 있는 상처도 있더라고. 물론 그래도 용서가 안 되고, 잊혀지지도 않는 상처가 있었지. 그런 건 또 내년 유서에 기록이 되는 거고.

나한테 모질게 한 사람만 있겠어? 내가 상처 준 사람도 당연히 있지. 또 고맙다는 인사를 해야 할 좋은 선생님과 친구들도 하나하나 생각이 나더라고. 나한테 잘못한 사람들이야 내가 찾아가서 '내 유서에 당신 이야기 적었으니 용서를 비시오.' 하면 코미디가 돼버리지만 내가 감사하고 용서 빌어야 할 사연들은 그게 아니잖아. 그러니 직접 찾아가는 거야. 찾아가서 빌 건 빌고, 감사해할 건 또 고맙다고 해야 하는 거거든.

그중에 유난히 기억나는 게 우리 집 근처에 살던 초등학교 동창생 이야기야. 그 친구가 가난한 집 맏딸이었는데, 동생들 돌보고 집안일 거드느라고 결석도 자주 했어. 형편이 안 좋으니까 입는 것도 영 후줄근해서 친구들 사이에서도 좀 무시당하고 그랬어. 요샛말로 '왕따' 비슷한 걸 당하고 있었지. 어머니는 그 집에 옷이니 음식을 갖다 주라고 심부름을 시키곤 했는데, 나는 그 애와 친하게 지낼 생각은 손톱만큼도 없었던 거라. 그런데 내가 이것저것 갖다 줘서 그런지 어땠는지는 몰라도 이 친구가 나한테 굉장히 잘해 줬어. 인사도 반갑게 하고 책가방도 들어주고. 비 오는 날에는 내 가방을 젖지 않게 하려고 자기 가방 밑에 넣어서 머리에 이고 갈 정도였어.

그렇게 나한테 잘해줬는데, 그 못된 '어린 양순자'는 인사해도 아는 척도 안 하고 대놓고 무시하기 일쑤였어. 혹시라도 그 친구하고 친하게 지내면 다른 애들이 나까지 무시하지 않을까 하는 걱정을 했던 거야.

그게 정확히 몇 년도였는지는 모르겠는데 유서를 쓰기 시작한 지 한 10년 남짓 됐을 거야. 해마다 했던 것처럼 12월 31일에 유서를 쓰는데, 그 친구 생각이 난 거야. 내가 그 친구한테 한 짓이 생각난 거란 말이야. 한 40년이 지났는데도 얼굴이 화끈거려. 천벌 받을 짓을 했더라고. 그 친절한 친구한테 말이야. 그래서 그 친구를 찾아가서 용서를 빌겠다고 썼어. 안 그러면 내가 편하게 못 죽겠더라니까.

연락 닿는 친구들한테 수소문을 해보니까 목포 외곽에 있는 바닷가에 살고 있더라고. 고속도로로 7시간, 비포장길로 2시간

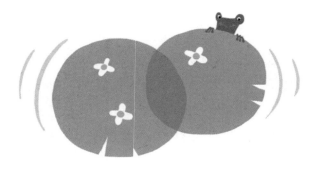

합쳐서 9시간을 달려갔어. 가서 딱 만났는데, 만났으니까 이제 내가 용서를 빌어야 되는데, 이 친구가 나를 보자마자 하염없이 우는 거야. 얼마나 고생을 했는지 그 모진 세월이 얼굴에 다 나타나 있어. 이제 50살이 조금 넘었는데 얼굴에 주름이 얼마나 깊던지…, 참.

겨우 울음을 그친 다음에 내가 그때 너한테 너무 잘못했다고 용서를 빌었어. 그 친구는 용서고 뭐고 내가 불쑥 찾아온 게 신기하고 반갑기만 한가봐. 그날 40여 년 만에 용서를 빌러 간 친구하고 밤새도록 손잡고 한 이불에서 잤어.

내가 유서를 어떻게 쓰는지, 써놓고 어떻게 하는지 알겠지? 마음에 걸려 있는 걸 자꾸 털어 내는 거야. 많이 걸려 있으면 무겁고, 마음이 무거우면 사는 데도 힘들고 또 죽을 때도 힘이 드니까. 내가 아무 말 안 할 테니까 나 따라 하고 싶은 사람은 따라 해도 돼. 요즘은 특이한 건 전부 다 돈을 받기만 하더라만 우리 사이에 그럴 수야 있나. 좀 더 자세한 방법을 알고 싶은 사람은 나 찾아와. 내가 친절하게 안내해 줄 테니까.

자, 이제 내 유서의 최종판이 슬슬 궁금해지지? 내 유서 최종판은 2003년에 쓴 거야. 작년에는 안 썼지. 40년 동안 마음에 걸려 있는 걸 전부 다 유서에 쓰고 또 40년 동안 그걸 털어내는 일을 하니까 다시 안 써도 되겠더라고. 그래도 유서가 필요한 게 장례식 때문이야. 내 장례식까지 내가 싹 정리하고 갈 수 있으면 좋겠는데, 그건 안 되니까. 평소에도 이야기를 하고 다짐을 받아 놓는데, 딸들이 또 내가 죽으면 어떻게 할지 모르니까 글로 딱 남겨 놓는 거야. 내가 요구하는 장례 절차가 그렇게 어려운 게 아니야. 오히려 간단하지.

먼저 다른 사람한테 연락하면 안 돼. 딸 둘, 사위 둘, 손자손녀, 양쪽 사돈어른들한테만 연락하면 돼.

사람들 불러 봐. 오면 돈 주잖아. 그렇다고 조의금 사절이라고 써 붙일 수도 없고. 그러면 그게 다 빚이거든. 축의금도 그렇지만 조의금도 결국엔 다 갚아야 하는 거라고. 그리고 딱 까놓고 이야기해서 죽기는 내가 죽었는데 저희들이 무슨 돈을 받느냐, 그 말이야. 무슨 큰 효도한 것도 아니고.

사람들 부르지 말아야 할 이유가 하나 더 있어. 내가 죽었다고 하면 친구들이 올 거 아냐. 혼자 오는 사람도 있겠지만 대체로 누가 죽었네 하면 이리저리 연락을 해서 같이 가잖아. 그러면 와가지고 '아이고, 양순자가 죽었네, 이제 언제 다시 만날꼬.' 이러면서 통곡을 할 거란 말이야.

그렇게 하면 뭐해? 나는 듣지도 못하는데. 그렇게 운다고 내가 다시 깨어나길 해, 아니면 말이라도 한마디 할 수가 있어. 아니잖아. 거기다가 자기들끼리 돌아가면서 웃고 차 마시고 그럴 게 뻔하거든. 나 죽었다고 한 달 내내 식음도 전폐하고 울 친구가 있으면 한번 생각해 보겠는데, 그것도 아니고. 그거 기대하는 것보다 그냥 조용히 가는 게 훨씬 마음 편해. 그저 다음에 나 찾는 전화가 오면 '엄마가 언제 안부 전하고 가셨습니다.' 그러면 돼.

그다음이 3일장 말고 1일장을 지내야 해. 사람도 안 오는데 3일까지 갈 거 뭐 있어? 그냥 죽은 다음 날 화장하는 거야. 가루는 흙에 뿌리지 말고 한 곳에 깊이 묻었으면 좋겠어. 내가 자주 다니는 자유로가 좋겠더라고. 제사는 당연히 지내지 말고, 그 날은 그저 언니 동생네 가족들이 모여서 자유로 가까이 있는 프로방스라는 카페에 가서 꽃 보면서 재밌게 놀아. 그러면 내가 거기 있을 테니까. 아, 하나 중요한 걸 빼먹을 뻔했는데, 내가 죽는 순간부터 땅에 묻을 때까지 음악을 틀어야 해. 그러면 내 영혼이 노래하고 같이 갈 것 같아. 내가 좋아하는 노래들이 있어. 큰딸이 어떤 건지 다 알고 있으니까 디제이 노릇하면 되겠지.

이건 혹시나 해서 제일 첫 번째 요구사항에 넣어둔 건데, 만약에 식물인간이 될 경우 절대 산소호흡기를 사용하지 말 것.

그러고 보니까 한 가지 해결해야 할 게 있어. 시신 기증 문제야. 죽어서 갖고 갈 것도 아닌데, 싶어서 오래전에 시신 기증 서약을 했거든. 그런데 내가 하루 만에 화장하라고 했잖아. 죽었으면 빨리 사라져야 하는데 병원에 오래 있는 것도 그렇고, 또 자식들도 얼른 처리를 해야 그나마 마음이 개운할 텐데 엄마 시신이 병원에 계속 있으면 좀 그렇잖아. 그래서 장기 기증을 하되 시신 기증은 안 하는 걸로 하려고 그래. 자식들도 알고 있긴 한데, 그래도 유서에 남겨야 하니까 오는 12월 31일에는 유서를 또 바꿔 써야겠네.

　나머지는 딸들한테 마지막으로 하고 싶은 이야기를 한 거야. 내가 자식들한테 고맙다고 그랬어. 아까도 이야기했지만 크게 효도한 거 없어. 효도해서가 아니라 둘 다 자기 몫 하면서 살아줘서, 그래서 미련을 덜어준 게 고마운 거야. 이것들이 잘 못살고 길에 나앉고 이런 지경이면 내가 어떻게 편하게 눈을 감을 수 있겠냐고.

　마음에 걸려 있는 거, 미련들을 자꾸 털어내서 평안하게 죽을 수 있을 것 같아. 나만큼 평안하게 죽을 수 있는 사람도 많지 않을 거야. 그런데 딱 하나 걸리는 게 있어. 다 털어내고 딱 하나 걸려있는 게 내 자식들이야. 내 두 딸 말이야. 둘 다 잘 살아줘서 미련은 없는데, 죽을 때 슬플 것 같아. 그 애들을 다시 볼 수 없다는 게, 지금 생각해 봐도 슬퍼. 하기야 그것도 눈 감고 나면 잊혀지겠지만.

세상 사람들 죽을 때 평안하게 죽을 수 있는 사람
그렇게 많지 않다.
그러나 나는 정말 행복하게 갈 것 같다. 너희들 덕에.
오직 한 가지 슬픈 것은 너희들을 다시는 볼 수 없다는 것….
이것이, 이것이 한없이 슬프구나!
그러나 눈 감으면 다 잊혀지겠지?

Part2
사람 사이
人間 공식

세상에서 제일 슬픈 일 중 하나가
사랑하는 사람의 이름을 불러도 대답이 없을 때야.
맛있는 것도 사주고, 경치 좋은 곳도 구경시켜 주고 싶은데
그 사람이 이 세상에 없을 때란 말이야.
오늘이 그 사람을 사랑할 수 있는 마지막 날일 수도 있고
오늘이 사랑을 받는 마지막 날일 수도 있어.
그러니 이 핑계 저 핑계 대면서 사랑 표현을 내일로 미루지 마.
내일은 상상 속에만 있는 거야. 아무도 내일을 살아 본 사람은 없어.
세월이 가도 매일 오늘만 사는 거야.
사랑도 오늘뿐이지 내일 할 수 있는 사랑은 없어.

일회용 반창고 같은
사랑을 해봐

언젠가 양다리를 걸치고 있는 아가씨를 만난 적이 있어. 그 아가씨 말이 한 사람은 외모는 별론데 말이 통하고 느낌이 좋아. 그런데 또 한 사람은 재미도 떨어지고 좀 답답하긴 해도 조건이 좋은 거야. 둘이 좋은 것만 합쳐서 한 사람으로 만들면 좋겠는데 그건 안 되고.

자기 입장에서야 고민이겠지만 내가 딱 보기엔 계산을 대고 있는 거라.

내 그 아가씨한테 뭐라고 했냐 하면, 일단 한쪽에 확신이 없으면 둘 다 만나보라고 했어. 대신 양다리 걸치고 있다고 남자들한테 말해라, 그러면 떨어져 나가든지, 아가씨한테 확신을 주기 위해 페어플레이를 하든지 할 거다. 그랬더니 이 아가씨 하는 말이 "아직 크게 심각한 관계도 아닌데 굳이 사실을 말해서 상처 줄 필요가 뭐 있겠어요?" 하는 거야.

그게 뭐야? 말로는 상처를 주니 안 주니 해도 속내는 둘 다 놓치고 싶지 않다는 거지. 남한테 상처 주는 게 걱정인 사람이라면 애초에 양다리를 걸치지 않았겠지, 안 그래? 거기다가 아직 심각한 관계도 아니라서 말 안 한다니? 그럼 심각한 관계가 되고 난 다음에 그 이야길 한다고? 뭐, 말이야 그렇게 안 해도 심각한 관계가 되도 말 안 할 사람이야, 그 사람은.

내가 나이는 좀 먹었어도 주변에 젊은 친구들이 좀 있어. 이 친구들이 연애를 시작하면 나는 무조건 잘했다고 해. 가끔 본격적으로 시작을 해보기도 전에 이리저리 손익계산 하느라고 주저하는 사람들한테 이렇게 말해 주지.

"사랑을 한번 해보긴 해야겠는데 걱정이 된다 이거지? 내가 손해 볼까 어쩔까, 결혼까지 갈 수 있을까 없을까. 그런데 말이야, 젊을 때 사랑은 너무 군더더기가 많고 부연 설명이 많아도 안 좋은 법이야. 그런 거 다 계산해서 하는 사랑은 조미료 친 음식 같거든. 처음부터 조미료에 혀를 길들이면 입맛이 못 쓰게 돼. 나중에 결혼할 때 봐. 어차피 백 번은 더 따지고 들어갈 텐데 지금부터 그런 걸 하고 있냐, 이 좋은 시간에."

'계산하면서 사랑하지 말라.'는 거 사실 이런 말 모르는 사람 없어. 그런데 실제로 사람을 사귀다 보면 자기도 모르게 자꾸 계산을 하고 사람을 저울로 달아보게 되는 건데…, 그럼 어떻게 하면 되느냐? 내가 한 수 가르쳐 줄 테니 잘 들어봐.

사랑을 할 때는 일회용 반창고 같은 사람이 돼버려. 그 상처 조금 났을 때 바르는 거 말이야. 그거 두 번 세 번 붙이는 사람 없지? 그건 말 그대로 일회용이고. 일단 한 번 붙이면 그다음에 떼서 버리는 거야. 한 번 쓰면 그것으로 수명이 끝이란 말이야. 그러니까 일회용 반창고 같은 사람에게는 내일이 없어. 내일을 기약하지 않는 사람이야. 그런 사람들은 오늘 좀 피곤하니까 내일 잘 해줘야지, 내일은 꼭 사랑한다고 말해야지, 이런 게 없어. 딱 지금 이 순간뿐인 거라. 그러니 순간순간 그 사람한테 최선을 다하고 표현도 적극적으로 할 수밖에 없잖아.

심리학의 대가인 펫 박사라는 양반이 '악의 옷'을 벗을 때 비로소 그 사람의 진면목이 드러난다고 했는데, 이 악의 옷이 뭔가 하면 자기 참 모습을 가리는 거, 그러니까 참 모습을 감추기 위해 필요한 사회적 신분, 허세, 권위 같은 것들이야. 내남할 것 없이 많이 입고 적게 입고지 다 그 옷은 걸치고 있지. 그런데 사랑이라는 게 그 옷을 벗게 해. 악의 옷을 벗고 순수하게 나 자신을 보여줄 수 있는 용기를 주는 거야. 상대방을 있는 그대로 볼 수 있는 진실한 심안을 주는 거야.

나이 먹고 결혼했을 때 하는 사랑이랑 젊었을 때 하는 사랑은 달라. 어느 게 더 낫다고 할 수는 없는데, 이건 있어. 젊었을 때 제대로 사랑을 해야 나이 들어서 하는 사랑도 잘할 수 있다는 거야.

좀 있다가 한다고 생각하지 말고 지금 당장 사랑하는 사람한테 전화 한번 걸어봐. 애인이든, 부부든, 부모든 간에 전화를 걸어서 내가 일회용 반창고다, 생각하고 마음껏 사랑을 표현해 보는 거야.

세상에서 제일 슬픈 일 중 하나가

사랑하는 사람의 이름을 불러도 대답이 없을 때야.

맛있는 것도 사주고, 경치 좋은 곳도 구경시켜 주고 싶은데

그 사람이 이 세상에 없을 때란 말이야.

오늘이 그 사람을 사랑할 수 있는 마지막 날일 수도 있고

오늘이 사랑을 받는 마지막 날일 수도 있어.

그러니 이 핑계 저 핑계 대면서 사랑 표현을 내일로 미루지 마.

내일은 상상 속에만 있는 거야. 아무도 내일을 살아 본 사람은 없어.

세월이 가도 매일 오늘만 사는 거야.

사랑도 오늘뿐이지 내일 할 수 있는 사랑은 없어.

사랑에다
소금을
뿌려봐

"사랑이 어떻게 변하니?"

"그럼 이놈아, 변하지 안 변하냐?"

'봄날은 간다'라는 영화에서 유지태가 그랬잖아. '사랑이 어떻게 변하니?' 내가 이영애 자리에 있었으면 그렇게 대답했을 거라는 이야기야. 말해 놓고 보니까 꽤 재미있는 그림이네. 이 할머니가 유지태랑 마주보고 서서 '그럼 이놈아, 변하지 안 변하냐?'라고 말하는 거, 상상만 해도 웃기는데. 나이 많은 사람이 주책이라고 하지 마. 늙은 사람은 상상도 못하나?

어쨌거나 이 대사가 젊은 사람들 사이에서 꽤나 화제가 됐지. 사랑이 어떻게 변하냐는 쪽과 사랑은 변하기 마련이라는 쪽, 두

파로 나눠서 입씨름을 꽤나 했다고 하더라고. 사랑이 어떻게 변하냐는 파의 핵심은 변하면 원래 사랑이 아니었다고 주장하는 거지. 이거 읽는 사람 중에 이 영화 때문에 애인이랑 싸운 사람도 있을걸. 이 주제가 연인끼리는 딱 싸우기 좋잖아.

한참 지난 영화 이야기를 왜 꺼내냐 하면, 그때 입씨름이 결론이 안 났잖아. 서로 속물이니 철이 없느니 하고 말았거든. 그래서 내 좀 늦었지만 심판을 한번 보려고 그래. 주제넘게 웬 심판이냐고? 아이고, 젊은 사람이 융통성 없기는. 그냥 심판 한번 본다는 거지 내가 판정에 불복한다고 벌금을 때리겠어, 아니면 퇴장을 시키겠어. 그냥 잘 들어뒀다가 나중에 생각이 바뀌면 과연 그 할머니가 인생 9단이었구나, 하면 될 일이고 아니면 역시 내가 옳았다 하고 큰소리치면 되는 거야. 손해 볼 거 없는 장사니까 그냥 읽어봐.

내 판결은 벌써 나왔어. 당연히 사랑은 변하기 마련이라는 거야. 세월 이기는 장사 없다고 사랑이라고 별수 있나, 세월이 가면 변하는 거지. 문제는 유통기한 지난 음식처럼 썩어버리느냐, 아니면 잘 숙성이 돼서 더 먹음직스럽게 변하느냐 하는 거지. 콩이 된장, 간장, 청국장으로 변하는 것처럼 말이야.

사랑이라는 게 얼핏 처음 가슴 콩닥콩닥 뛸 때 느낌 그대로 가면 좋을 것 같아도 그것도 참 피곤한 일이야. 생각해 봐. 둘이 콩닥콩닥해서 결혼을 했어. 알콩달콩 살다 보니까 세월이 가는 거라.

멀리도 말고 50살만 돼봐. 그때도 똑같이 콩닥콩닥거리고 멀리서 보고 뛰어가면 그게 사랑이야? 주책이지.

사랑은 사람이 하는 거고, 사람은 당연히 변하게 되어 있는 거야. 물론 사람마다 차이는 있겠지. 늘 새로운 변화를 추구하는 사람들은 아무래도 좀 빨리 변할 테고, 변하는 걸 싫어하는 사람이라면 좀 천천히 변하겠지. 촌스럽게 그걸 가지고 '사랑이 어떻게 변하니?' 하고 핏대 올려봐야 목만 아픈 거야.

말 나온 김에 하는 말인데, 우리가 뭘 먹어도 그래, 똑같은 것만 자꾸 먹으면 질리게 돼 있잖아. 맨날천날 생콩만 먹으라고 하면 어디 설사 나서 살겠어? 볶아 먹고, 콩고물 만들어서 떡에 뿌려 먹고, 된장 만들어서 풋고추에 발라 먹고, 국 끓여 먹고, 이래저래 양념을 해서 먹어야 질리지 않고 오래 먹을 수 있잖아.

사람이 입맛만 간사한 게 아니라 마음으로 느끼는 것도 간사하거든. 나는 내가 간사한 것 싫은데, 이러면서 괴로워할 것 없어. 원래 그런 거니까 그냥 받아들이고, 어떻게 이 간사함에 잘 대처할까 생각하면 되는 거야. 그러니까 맨 처음 마음만 사랑이라고 붙들고 있지 말고 어떻게 양념을 해서 먹을까, 요걸 고민해야 하는 거란 말이지. 영광에서는 굴비가 잡히지도 않는데 왜 영광굴비가 맛이 좋으냐, 소금 간을 잘해서 그런 거잖아.

이렇게 이야기하다 보니까 또 생각나는 게 있어. 첫사랑에 목숨 거는 동화나라 백설공주님하고 백마왕자님들 말이야. 자기는 첫

사랑인데 상대는 연애 경험이 있어. 그러면 지나간 일 갖고 타박하고 질투하는 사람들이 바로 백설공주, 백마왕자들이야. 어떻게 된 게 동화 속 사랑은 죄다 첫사랑인지 모르겠지만 나이 먹을 만큼 먹었으면 그런 환상은 탈탈 털어내야지, 그거 붙들고 있으면 자기도 힘들고 상대방도 힘들어.

사랑이 단맛만 있는 게 아니라 쓴맛도 있는 거잖아. 그런데 단맛만 보고 이것만 사랑이다 해서야 되겠냐고. 오히려 쓴맛도 본 사람이 사랑에 대해서 더 잘 아는 거거든. 혹시 상대한테 내가 첫사랑이 아닌 게 마음에 걸린다면 이렇게 생각해 봐. 내가 지금 굉장히 매력 있는 사람을 사귀고 있구나 하고 말이야. 당신 애인같이, 당신 남편, 아내같이 멋진 사람을 누가 가만 놔뒀겠어?

진짜 사랑이니 가짜 사랑이니, 첫사랑이니 두 번째, 세 번째니 따지지 마. 그 시간에 차라리 오늘 저녁에 둘이서 뭐 먹고 뭐 하고 놀까, 그 생각을 해. 그게 훨씬 기분도 좋고 사랑이 오래가는 비결이니까.

사랑은 사람이 하는 거고, 사람은 당연히 변하게 되어 있는 거야.
물론 사람마다 차이는 있겠지. 늘 새로운 변화를 추구하는 사람들은
아무래도 좀 빨리 변할 테고, 변하는 걸 싫어하는 사람이라면
좀 천천히 변하겠지. 촌스럽게 그걸 가지고
'사랑이 어떻게 변하니?' 하고 핏대 올려봐야 목만 아픈 거야.

영혼들도
사랑이 필요해

　귀신 나오는 영화 좋아해? 옛날에는 여름에만 공포영화라는 놈이 나오더니 요즘은 철도 없이 나오더라고. 그게 왜 그런지는 나도 모르겠어. 궁금하면 영화평론가라는 양반들한테 물어보면 될 일이고. 내가 왜 별로 좋아하지도 않는 공포영화 이야기를 하냐면, 외국 귀신하고 국산 귀신하고 다른 점이 있더란 말이야. 가끔 테레비에서 보면 생김새도 다르고 사람 괴롭히는 방법도 다르지만 가장 중요한 알맹이가 다르더란 거지.

　그게 뭐냐 하면 한恨이야. 서양 귀신들은 별 이유도 없이 그저 자기가 귀신이고 마귀니까 사람들 막 죽이고 돌아다니는데, 우리나라 귀신들은 다 한이 맺혀서 생긴 귀신들이야. 다 그럴 만해서 귀신이 됐다는 거야. 서양 귀신들은 말뚝을 박는다느니, 은으로 총알을 만든다느니, 목을 잘라야 한다느니 하면서 종류마다 죽이는 방법이 있는데, 우리나라 귀신들은 따로 죽이는 방법이 없어. 죽이는 게 아니라 하늘로 보내줘야 해. 그 보내주는 방법이 억울한 사연을 들어주고 한을 풀어주는 거고. 〈장화홍련〉도 그렇고, 이불 뒤집어쓰고 보던 〈전설의 고향〉도 그렇고, 머리 풀고 피 흘리면서 나타나다가 한만 풀어주면 깨끗하게 단장하고 나타나서 한 풀어준 사람한테 인사하고 하늘로 가잖아.

사람이 죽어서 그 영혼이 하늘로 못 가고 이승에 떠돌면 그게 귀신, 그러니까 원혼이 되는 건데, 그것 때문에 극락으로 잘 가시라고 천도재를 지내는 거거든. 49재도 그 천도재 중 하나고 말이야.

어쨌거나 특별히 억울하게 죽지 않아도 행여나 한이 있을까 싶어 49재는 지내주는 집안이 많아. 그런데 억울하게 죽거나 갑자기 죽었을 경우에는 꼭 천도재를 지내줘야 한다는 게 내 생각이야. 왜냐하면 그렇게 죽은 영혼들은 몹시 나쁜 에너지가 돼가지고 떠돌아다니게 되는 거라. 한마디로 원혼이 되는 거지. 그건 살아 있는 우리한테도 절대 득 될 게 없잖아.

자, 이쯤 되면 슬슬 시비가 걸고 싶어지지? 과학적으로 그게 말이 되냐는 것부터 시작해서 할머니가 귀신을 보긴 했느냐, 요즘 세상이 어떤 세상인데 귀신 타령이냐, 심하면 할머니가 무당이냐,

이렇게 말이야. 자, 그럼 이렇게 이야기해 보자. 내가 귀신 봤다고 하면 믿어 줄 거야? 안 믿는 사람들은 내가 귀신 데려와서 눈앞에서 보여줘도 무슨 속임수네 어쩌네 하면서 안 믿을 거잖아. 그리고 과학적, 과학적 하는데 그 잘난 과학이란 놈이 귀신이 없다는 걸 증명했어? 귀신이 있다는 증명 말고 없다는 증명 말이야. 아직 있는지 없는지 모르는 거잖아. 그러니까 귀신 이야기한다고 너무 눈썹 치켜세우지 말란 말이야. 내가 귀신을 받들어 모시자는 것도 아니고 또 이걸로 사기 치려는 것도 아니니까.

이해했다고 치고 계속해 보자. 이 이야기도 해야 하나 좀 망설였는데, 하고 싶은 이야기를 제대로 하려니까 할 수밖에 없겠어. 내가 천도재를 두 번 지내봤는데 그게 한 번은 박한상이 부모였고 또 한 번은 유영철이한테 희생당한 분들이었어. 유영철은 알아도 박한상은 하도 오래된 일이라 기억이 잘 안 날 거야. 벌써 10년 전 일인데, 미국에서 호화 유학생활하다가 자기 부모 죽이고 불 지른 놈이야. 내가 그놈 상담한 인연으로, 그 부모의 천도재를 지내 주게 된 거지. 애지중지하던 자식한테 목숨을 잃었으니까 그 한이 얼마나 많겠어.

유영철이는 내가 직접 만나서 상담을 하지는 않았어. 하루는 교무과장님이 전화를 해서 '유영철이가 자살 소동을 자꾸 일으키니까 구치소가 힘이 듭니다. 선생님이 편지라도 좀 써주세요.' 하는 거야. 이왕 사형당할 건데 자해가 무슨 문제가 되냐고 생각할지 모르겠는데, 법이 그렇게 안 돼 있거든. 만약에 사형수가 폐결핵이니 하는 병에 걸렸으면, 그걸 다 고친 다음에 집행해야 하는 거야. 그러니까 그놈이 자해를 하면 교도관들한테는 사고가 되는 거라. 문책을 받을 수도 있는 거지.

만나는 게 아니라 왜 편지냐 하면, 내가 최근에는 사형수 상담을 안 하고 있었거든. 사형수 상담이라는 게 여간 힘든 일이 아니야. 그냥 가서 기도나 하고 좋은 말씀이나 하고 오면 괜찮은데, 나는 일단 시작하면 내 속에 있는 걸 다 빼주고 오는 성격이니까 기운이 쭉쭉 빠져나가는 거라. 그래서 좀 쉬면서 충전을 하고 있는 중이었어. 그래서 과장님이 편지라도 써달라고 한 거지.

내가 재소자들한테 강의할 때도 너희들은 나쁜 놈이고 나는 착한 사람이다, 라고 이야기하는 것처럼 사형수들한테도 회개하면 천당 간다, 이런 이야기 안 해. 이놈이 천당 같지 지옥 같지 내가 어떻게 알아. 그건 하늘이 알아서 할 일이고 나는 사람이니까 사람 일만 하는 거지. 유영철이한테 그랬어.

너는 인간들이 말할 수 있는 한계를 넘어버린 사람이다, 어느 누구도 너를 위로해 줄 수 없고, 동정을 보낼 수도 없고, 그리고 누가 감히 너를 용서할 수 있겠냐고 했지. 또 자해하거나 자살기도 하지 말라고, 너는 너 스스로 죽을 자유도 없는 몸이라고 대놓고 이야기해 버렸어. 교도관들한테 피해 주니까 또 죄 짓는 거라고 했지. 말투는 말할 것도 없이 반말로 썼고.

그래 놓고, 100% 다 좋은 사람도, 100% 다 나쁜 사람도 없으니까, 누구나 마음속에 선한 불꽃의 씨는 있으니까 그걸 찾아보라고 했어. 그 양심의 불씨를 다 태워도 네가 지은 죄 다 갚지는 못하겠지만 그래도 이 생에서 지은 악의 매듭을 조금이라도 풀고 가라고 그랬지.

내가 이거 해라, 저거 하지 마라 이렇게 한 거는 편지라서 그렇게 한 거야. 바로바로 말을 주고받을 수 없으니까 빨리, 한꺼번에 쏴줘야 하잖아. 그런데 직접 만나서 상담할 때는 이렇게 안 해. 아까도 이야기했다시피 나는 사람의 일만 하는데, 그게 삶에 대한 미련을 떨쳐버리게 하는 거야. 다 떨쳐버릴 수는 없지만 조금이라도 적게 맺혀 있어야 조금이라도 더 편하게 갈 수 있는 거잖아. 그래서 너를 천당, 극락에 보내주려고 온 게 아니라 네 말을 들어주러 왔다고 그래. 1시간이 면회 시간이면 내가 이야기하는 시간은 20분도 안 돼. 기도, 설교 이런 거 안 하는 거야.

교도소에 있는 사람이 얼마나 답답하겠어. 그러니까 여태까지 살면서 맺혀 있던 거 나한테 다 풀어보라고 하는 거야. 그러면서 천천히 내가 유영철이한테 썼던 내용을 이야기해 주는 거야. 당연히 내 경험도 들어가고 말이야. 그렇게 몇 년씩 이야기 들어주다 보면 조금씩 달라지는 게 느껴져. 내가 묻어준 사형수들이 얼마나 편하게 갔는지는 알 수 없지만 그래도 조금은 편하게 갔을 거라고 생각해.

하여간 편지하고 답장 받은 인연 때문에 유영철이 해코지한 사람들 천도재를 하게 된 거야. 죽은 분들이 나하고 아무 상관없지만 그래도 내가 해야겠다는 생각이 들더라고. 그래서 이래저래 부탁을 해서 영가들 이름을 뽑아달라고 했어. 천도재 지내려면 이름이 있어야 하거든.

그래, 영가들의 명단을 받아서 전남 해남으로 갔어. 거기 영가 천도재를 특별히 정성스럽게 지내주는 스님이 있거든. 하루 전날 15년 된 내 차를 7시간 몰고 가서 3시간 동안 진심으로 그 영혼들을 위로하는 기도를 하고 다음날 새벽에 천도재를 올렸어. 몇 시간 천도재를 지내고 위패를 불사르는데, 잠잠하던 바람이 갑자기 쌩쌩 부는 거라. 그 바람이 꼭 영가들이 마지막으로 분노를 표시하는 것 같더라고. 이제 그만 노여움 푸시고 좋은 데로 가세요, 다 잊어버리시고 이제 좋은 데로 가세요, 이렇게 속으로 계속 기도를 했어. 그렇게 천도재를 지내고 나니까 마음이 좀 편해지더라고. 우연일 수도 있겠지만 바람도 좀 잦아들고 말이야.

도대체 이해가 안 되는 할머니라고 할지도 모르겠어. 자기하고 아무 인연이 없는 사람들 위해서 자기 돈, 자기 시간 써가면서 뭐하는 짓이냐고 말이야. 그래, 특이한 일이긴 하지. 그런데 내가 특이한 일을 하려고 하는 게 아니라 내 마음이 가는 대로 움직이니까 더러 특이한 일도 하게 되는 거라.

전부 다 이런 일을 하라는 게 아니야. 나 말고도 어딘가에서 나

같은 일을 하는 사람들이 있겠지. 그러니까 이런 일 못한다고 크게 부담 가질 건 없어. 다만 이건 생각해 봐야 할 거야. 유영철이가 나쁜 놈인 건 확실하고, 이번 사건은 거의 다 그놈 책임이지만 오롯이 그놈 책임만은 아니라는 거야.

왜 원혼들이 생기겠어. 살아 있을 때 억울한 일을 당해서 그런 거잖아. 죽은 다음에 원한이 생긴 게 아니라 살아 있을 때, 혹은 죽는 순간에 원한이 맺히는 거잖아. 그러니까 이런 일에 대한 책임은 다들 조금씩 나눠 가져야 한다는 거야. 억울한 죽음을 모두 없앨 수는 없겠지. 하지만 내 작은 행동 하나가 엄청난 결과를 부를 수도 있다는 말이야. 그게 좋은 행동이든 나쁜 행동이든 말이야.

내가 이야기하고 싶은 건 이거야. 죽은 사람도 사랑이 필요한데 산 사람은 오죽하겠느냐, 그 말이야. 사랑이란 게 남녀 사이에만, 가족 사이에만 필요한 건 아니야. 밥을 못 먹으면 당장 배가 고프지만 사랑을 못 먹으면 하루하루 한이 쌓이는 거야. 그렇게 차곡차곡 쌓인 한이 아무것도 아닌 일에 한꺼번에 폭발할 수도 있단 말이지. 공중전화 오래 쓴다고 핀잔줬다고 죽이는 것도, 좀 노려봤다고 사람 패는 것도 다 이것 때문이야. 쌓이고 쌓여서 폭발하기 직전에 작은 계기를 줘서 그런 거라고. 핀잔을 안 줬더라면, 노려보는 게 아니라 따뜻한 눈으로 쳐다봤다면 죽은 사람의 운명도, 죽인 사람의 운명도 달라졌을 거야.

모든 사람을 다 가족처럼, 연인처럼 사랑하라는 이야기가 아니야. 그러면 좋겠지만 그건 10단 이상이나 가능한 거니까 너무 욕심내지 말자고. 식당 종업원이 실수로 국물을 좀 쏟아도 한번 웃어주고, 누가 내 발을 밟아도 한번 웃어주고, 그게 다 사랑이야. 그 한 번의 웃음이 맺혀 있던 한 하나를 풀어주는 거라니까. 내 깜냥이 아닌 사랑까지는 넘볼 것도 없고 지금 당신 속에서 할 일 없이 빈둥거리는 사랑, 그놈 엉덩이를 툭툭 쳐서 세상에 한 번 내보내란 말이야. 당신의 행복지수가 세상의 행복지수보다 먼저 올라갈 테니까.

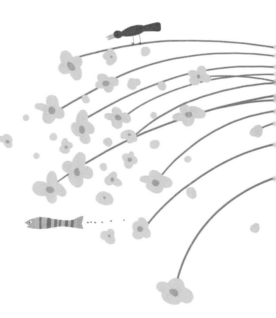

웃음 한 번으로,
친절한 말 한마디로,
따뜻한 눈길 한 번으로,
누군가의 마음에 맺힌 원한을
조금이라도 씻어 줄 수 있다면
한 번 해볼 만하지 않아?
그것도 빈둥거리는 사랑을
내보내서 하는 거라면 말이야.

감동공식

감동한 대로
움직이면 돼

영암군청에서 일하게 되면서 영암에 내려가 살 땐데, 그때가 아마 늦여름쯤 됐을 거야. 하루는 퇴근을 하고 여직원을 데려다주려고 옆자리에 태웠어. 늦기도 했고 또 저녁부터 오기 시작하던 비가 꽤 굵어져 있었거든.

밤인 데다가 비도 오지, 익숙지 않은 시골길이라서 조심조심 운전대를 잡고 가고 있었지. 그런데 어떤 사람 둘이 차를 향해 손을 흔드는 거야. 가만 보니 교복을 입은 남학생들인데 우산도 없어. 그래서 차를 세우려고 하는데 직원이 말리는 거야.

"괜히 태웠다가 불량학생들이면 큰일 나니까 그냥 가요."

직원이 불안해하니까 하는 수 없이 그냥 지나치기는 했는데 마음이 영 불편하더라고. 그 아이들 집은 어딜까, 얼마나 더 걸어야 집에 갈 수 있을까, 부모님들이 걱정할 텐데 연락을 했나 등등 걱정스러운 생각이 꼬리에 꼬리를 물고 일어났어.

어쩌겠어, 직원을 내려주고 집으로 가는 대신 다시 오던 길을 되밟아 그 아이들을 찾으러 갔지. 가다 보니까 아이들이 아직까지 비를 맞으면서 걸어가고 있더라고. 그때까지 아무도 차를 세워주지 않았던가 봐.

아이들을 태우고 사정을 물어봤더니 신발을 사러 목포까지 갔다가 독천에서 강진으로 가는 버스를 놓쳤대. 학생들을 각자 집에 데려다주고 시계를 보니까 10시쯤 됐더라고. 차를 타고 가면 30분이면 되는데, 걸어가면 2시간은 걸리는 거리였어. 태워주길 정말 잘했다는 생각이 들더라고. 몸이야 좀 피곤했지만 집에 돌아가는 길에 마음이 너무 개운한 거야. 내가 피곤하다고 그냥 집에 갔으면 계속 찜찜한 마음이 들었겠지.

그런데 내 마음이 왜 개운했을까? 생각해 봐. 착한 일을 해서? 그 말도 틀린 말은 아닌데 좀 더 깊이 생각해 봐. 다들 한두 번쯤은 누군가를 도와준 경험이 있을 거고, 그때 개운하고 뿌듯한 마음이 들었을 거야. 왜 그런 마음이 들었던 걸까?

나는 내 마음이 움직인 대로, 그러니까 감동한 대로 행동했기 때문이라고 생각해. 도움이 필요한 사람을 보고 그냥 지나쳤을 때 마음이 찜찜한 이유는 감동한 대로 움직이지 않았기 때문이고. 개운하고 뿌듯한 마음은 감동한 대로 움직일 때 스스로에게 줄 수 있는 선물인 거야.

차를 몰고 시골길을 달리고 있다고 생각해 봐. 어떤 사람은 시골길에서 마주치는 노인들을 보고 예사롭지 않은 반응을 보여. 보통 시골 노인들이 그렇잖아. 허리는 꼬부라지고 다리는 휘고, 거기다가 그 작고 헐렁한 몸에 꼭 무거운 짐 같은 걸 들고 있기 예사지. 그 바스러지기 일보 직전의 낙엽 같은 몸으로 짐을 지고 절룩거리면서 버스정류장으로 걸어가거나 차비 아끼려고 내처 집까지 그냥 걸어가기도 하지.

노인들의 뒷모습은 어찌 보면 참 작고 초라해. 하지만 감동을 잘하는 사람들은 그냥 예사롭게 보지 않아. 나와 내 자식과 그들 자식의 밑뿌리가 되는 어떤 큰 존재처럼 느껴지는 거야. 그런 사람들은 그냥 못 지나가. 귀찮고 좀 바빠도 차를 세우고 노인들을 태우게 돼.

반대로 웬만해선 감동을 하지 못하고 굳은 마음으로 사는 사람들은 그저 노인의 초라한 모습만 봐. 그들에게 그 노인들은 가난하고 늙은, 그래서 이제 죽을 일만 남겨두고 있는 사람들이지. 그러니 차를 세울 이유가 없어. 혹시 차를 세워야 하겠다는 마음이 들었다가도 급하게 처리해야 할 일이 생각나거나 낯선 사람을 차에 태웠다가 봉변이라도 당하면 어쩌나 하는 생각이 드는 거야. 그럼 마음은 움직임을 멈추지. 다시 말해 감동이 사라지는 거야.

이런 식으로 도움이 필요한 사람을 보고 그냥 지나친 사람들은 이런 말을 할지도 몰라.

"그러다가 진짜 봉변이라도 당하면 할머니가 책임질 거요?"

"도와줘봤자 요새 사람들 고마움이라고는 몰라요. 그냥 내 몸만 피곤해지는 거지."

꼭 틀린 말이라고 할 수는 없겠지만 좀 다르게 생각해 보는 건 어때?

많은 사람들이 걱정하는 것처럼 낯선 사람을 태웠다가 무슨 봉변을 당할 수도 있겠지. 하지만 그렇게 생각해서 우리가 얻는 게 과연 뭘까? 오히려 그런 친절에 감동해서 나쁜 짓을 저지르려다가도 그만 두기를 바라는 편이 낫지 않을까?

또 봉변을 당한다고 해도 그건 해악을 끼친 사람이 평생 지고 가야 할 짐이지, 태워준 사람한테 원인을 돌릴 수는 없는 일이야.

도와줘봤자 고마움을 모른다고? 그런 사람들도 있긴 있지. 그런데 꼭 상대방이 고마움을 느껴야 되는 거야? 시골 노인들이 차를 태워준 당신에게 고마워하든 말든, 그건 당신이 상관할 일이 아닌 거야. 목적지에 내려주면서 '내가 참 고맙지요?' 하고 물어볼 것도 아니잖아. 내가 바래다 준 학생들이 과연 나에게 감동을 받았는지 내가 알 필요가 없는 것처럼. 그건 그냥 제 갈 길을 간 이들이 그런 것처럼 자신이 선택하는 삶의 방식일 뿐이야. 그런데 이건 분명해. 그런 작은 일에서 고마움을 느끼고 감동을 받는다면, 그들 또 한 나중에 누군가에게 친절을 베풀고 감동이 돼줄 수 있다는 사실 말이야.

가만히 보면 감동하는 마음도 결국 상상력하고 통하는 것 같아. 좋은 일을 상상하면 마음이 열리고 움직이지만 나쁜 일을 상상하면 열리려던 마음까지 굳게 닫혀 버리거든. 그러니 평소에 사소한 일에도 감동을 주고받는 관계를 상상하고, 그로 인해 조금은 더 부드럽고 웃음이 많아지는 세상을 상상했으면 해. 원래 마음이란 게 쓰면 쓸수록 계발이 되고 유연해지는 속성을 갖고 있어서, 감동을 잘하는 사람의 마음은 움직임이 민첩해지고 밖으로 뻗어나가지만, 감동하길 꺼려하는 이들의 마음은 점점 더 안으로 굳어가기 마련이거든.

놀이터나 길가에 유리조각이 있으면,
그걸 보고 행여나 누가 다칠까 하는 생각이 든다면
바쁘다고, 귀찮다고 그냥 가지 말고 치워봐.
쓰레기통이 너무 멀리 있으면 한쪽 구석으로라도 치우면 돼.
그렇게만 해도 기분이 개운해질 거야.
감동한 대로 움직였기 때문이지.

봉사공식

완성품을
보려고 하지 마

내가 봉사활동 같은 걸 오래 하고 있으니까 이렇게 묻는 사람들
이 있어.

"원래부터 이타심이 많으셨던가 봐요?"

봉사는 타고난 무슨 인자 같은 게 있는 사람이나 하는 거지 자
기처럼 타고나지 않은 사람은 하고 싶어도 못 한다는 말이지. 한
두 번으로 끝났으면 그걸로 그만인데, 이런 질문을 하는 사람이
더러 있어. 그래서 이런 사람들 마음에 대해 찬찬히 생각해 봤어.
왜 이런 질문을 할까 하고 말이야.

그런데 생각이 어디로 가냐 하면, 이 사람들이 핑계를 찾고 있
구나 하는 쪽으로 가는 거야. 무슨 말이냐 하면 아예 좋은 일 하고

싶은 생각이 없는 사람들은 이런 질문을 안 한단 말이지. 자기도 봉사 같은 거에 관심이 있으니까 물어보는 거야.

그런데 그런 일을 벌이는 게 두려운 거야. 돕다가 내가 너무 손해 보는 건 아닐까 하고 말이야. 이타심은 콩알만 한데 그 옆에 감자만 한 이기심이 딱 버티고 앉아 있으니까 이 콩알이 지레 겁을 먹는 거지. 그러니까 콩알은 슬쩍 감추고, 나는 감자가 너무 큰가봐요, 이러는 거라.

그래서 내가 이런 사람들을 위해 내 자랑을 좀 하려고 해. 뭐, 오른손이 한 일을 왼손이 모르게 하라는 말이 있는데, 왼손은 몰라도 다른 사람들이 들어두면 좋은 이야기도 있거든. 전에도 이야기했지만 다 당신 좋으라고 하는 이야기니까 너무 고깝게 듣지 말라고.

한 20여 년 된 이야기야. 내가 주로 서울구치소에서 재소자들 상담도 하고 강의도 하고 했는데, 하다 보니까 여기저기 가야 할 때가 생기더라고. 그래서 전국의 교도소를 많이 돌아다녔어. 그러다보니까 나는 그들을 몰라도 그들은 나를 알아서, 출소한 다음에 찾아오는 사람들이 생기는 거라. 재소자들 상담하는 분들은 대부분 목사나 스님들인데, 내가 목사도 스님도 아니고 종교를 가져라 마라 하지도 않으니까 좀 편하게 생각했나봐.

그렇게 찾아온 친구들 중에 광주교도소에서 출소한 박 아무개라는 아이가 있었어. 이름도 기억나지만 본명을 밝힐 수 없으니까 그냥 아무개라고 부르자고. 그때 나이가 27살인가 그랬으니까 지금은 50살쯤 먹었겠네. 아무튼 이 박 아무개가 만나고 싶다고 해서 만났는데, 입고 있는 잠바가 쪼글쪼글한 게 막 출소를 한 모양이야. 형 받고 교도소 들어갈 때 사회에서 입었던 옷은 그대로 접어서 보관해 뒀다가 출소할 때 돌려주거든. 그 녀석이 5년 형 살고 나왔다는데, 5년 동안 접어두었던 잠바를 입고 있으니 옷에 잡힌 주름이 얼마나 구깃구깃하겠냐고.

나를 찾아왔으니까 필요한 게 있을 테고 도움받는 입장에서 이거 내놓으쇼, 저거 내놓으쇼 하기 힘드니까 슬슬 상황을 물어봤지.

필요한 걸 알아야 도움을 줄 수 있잖아. 봉사랍시고 한다는 사람 중에는 자기가 주고 싶은 것만 주는 사람이 있는데 이런 건 차도 한복판에서 울고 있는 아이한테 사탕 주고 가고, 물에 빠진 사람한테 보따리 던져 주는 꼴이야. 그래 놓고 좋은 일 했네, 하고 자기 만족감에 들떠서 자랑하고 다니는 거야. 뒤에서 사탕 내던지고, 보따리 가라앉는 줄도 모르고 말이야.

그 친구한테 차근차근 물어보니까 대답이 나오는 거라. 가족이라곤 형이 하나 있는데 5년 동안 면회를 한 번도 안 왔대. 혼자나 마찬가지지. 그래서 어제 어디서 잤냐고 물었더니 서울역 근처 여관에서 잤다고 하는데, 말이 그렇지 노숙을 한 거 같아. 그래서 오늘은 어디서 잘 거냐고 물으니까 대답을 못 하는 게 가만 놔두면 오늘도 또 노숙을 하게 생겼어.

밥도 안 먹었다고 해서 일단 밥부터 먹였어. 밥을 먹으면서 감옥 가기 전에는 뭘 했냐고 물어보니까 이발사였대. 그럼 일단 먹는 거, 자는 거 해결하려면 이발소에 취직을 시켜야겠구나 생각했어. 5년을 감옥에 있으면서 이발 가위는 안 만져봤겠지만, 아무리 생각해도 그 방법밖에 없을 것 같아.

이발소에 취직하려면 이발 재료상에 가서 소개받는 게 가장 빠르대. 이발 재료상이라는 데가 재료만 파는 게 아니라 인력소개 하는 일도 했던 모양이야.

아무튼 이 녀석은 한시가 급하잖아. 그래서 영등포 어디 아는 재료상이 있다고 해서 우선 거길 찾아가 보기로 했는데 행색이 말이 아닌 거야. 쪼글쪼글한 옷 입고 가는 사람한테 누가 좋은 일자리를 주겠냐고. 그래서 옷부터 사러 가자고 했어.

내가 자주 가는 옷가게에 가서 깔끔하게 한 벌 사서 입혔어. 옷이 날개라고 제법 말쑥한 모양이 나오더라고. 그다음에 재료상으로 데리고 갔지. 가서 물어보니까 안양 어디에서 급하게 사람을 구한대. 남편이 이발소를 하다가 죽었는데, 아주머니가 그걸 계속 해야 먹고 사니까 이발사 하나를 급히 구한다는 거야. 지금 안양이야 서울과 크게 다를 바 없지만 그때 안양은 시골이나 마찬가지였어.

지금도 그런지는 모르겠는데, 이발소는 취직할 때 자기 기구를 다 사가지고 들어가야 한다네. 그래서 가위니 가운이니 하는 이발 기구들을 샀어. 물론 돈은 내가 다 냈지. 내가 이 녀석 만나러 나갈 때 아무래도 돈이 필요할 것 같아서 좀 가지고 갔거든. 옷 한 벌 깔끔하게 사 입히고 이발기구 다 사고 나니까 돈이 거의 다 떨어져 가더라고.

그래도 안양 가기 전에 밥은 먹여야겠더라고. 저녁 먹긴 좀 이른 시간이었지만 왔다 갔다 했으니까 배도 고플 거고, 또 거기 가서 다행히 취직이 된다 해도 첫날부터 밥 달라고 하기 그러니까. 그래서 갈비탕 집에 들어갔는데 돈 계산을 딱 대보니까 한 사람 먹을 돈밖에 없는 거라. 잔돈까지 탈탈 털면 나도 먹을 수 있는데

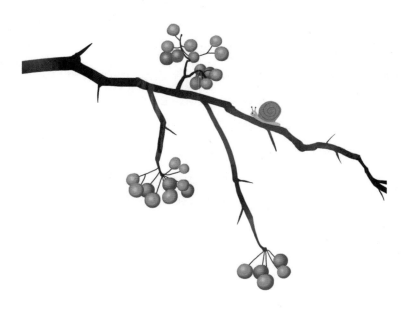

그건 또 쓸 데가 있으니까 그 녀석 먹으라고 갈비탕 한 그릇만 시켰지. 나는 집에 가면 밥 있으니까.

나머지 돈은 뭐에 썼냐고? 토큰을 샀어. 밥이야 이발소에서 준다고 쳐도, 어디 움직이려면 토큰이 있어야 하니까 말이야. 열 개를 사서 여덟 개는 그 녀석 주고, 두 개만 내 주머니에 넣었지.

같이 안양으로 가면서 그냥 갈 수 없잖아. 미리 면접 훈련을 시켜야 하는데, 그 훈련이 거짓말 연습이었어. 뭐냐면, 절대로 교도소에서 나왔다는 소린 하지 말라고 한 거야. 나중에 알게 되면 할 수 없지만 처음부터 그런 말 털어놓으면 안 받아 주니까 말이야. 혹시라도 실력 없다고 타박해도 원래 실력이 없었다고 해야지. 교도소에 가 있는 5년 동안 이발기구 안 잡아봐서 그렇다고 하진 말라고 한 거야. 내가 교화하고 선도하는 사람인데 너 붙잡고 거짓말하라고 한다고 웃을지 몰라도, 지금 넌 빨리 먹는 것, 자는 것이 해결돼야 범죄 생각 안 할 테니까 거짓말을 해서라도 빨리 취직을 해야 한다, 거짓말 하는 게 낫지, 죄 짓는 게 낫냐고 했어.

그리고 취직이 돼서 이발 손님 받게 되면 머리는 절대 짧게 깎지 말고 조금만 깎으라는 당부도 했어. 손님이 '아주 시원하게 쳐주세요.' 하고 따로 부탁하는 경우 빼놓고는 조심조심 조금씩만 깎으면 실력 없단 소린 안 듣는다고 신신당부했지.

내 훈련에 약발이 받았는지 다행히 거기 안양 이발소 아주머니가 이 녀석을 받아줬어. 그리고 이발소가 한 달에 두 번인가 쉬었는데 그때마다 녀석은 나를 만나러 오는 거야. 내가 쉬는 날은 오라고 당부했거든. 왜냐하면 가족이 없으니까 갈 때도 없고 어영부영 돌아다니다가 괜히 사고 칠까 봐. 녀석이 오면 우리 동네 칼국수 집에서 칼국수 먹으면서 이런저런 이야기를 하고는 돌려보냈지.

그렇게 한 3개월 지나더니 띄엄띄엄 오기 시작해. 그러더니 6개월 지나서 연락이 없는 거야. 걱정이 되잖아. 이런 녀석들은 항상 불규칙 반동이 일어나는 애들이라서 언제 무슨 사건이 생길지 모르니까. 그래서 안양 이발소에 전화를 해보았더니 며칠 전에 나갔다는 거야. 근처 어디에 있는 아가씨하고 눈이 맞아서 도망을 갔대. 도망까지 간 걸 보니까 두 사람 사이에 무슨 사정이 있었나 봐. 그런데 이발 기구들은 두고 갔고, 가불을 해갔는데 한 10만 원 정도 된다네. 그런데 그 주인 하는 말이 '그때 아주머니가 그 녀석 데리고 오셨을 때 내가 그 녀석보고 쓴 게 아니라 아주머니 보고 쓴 거예요.' 하는 거야. 아이고, 이거 이 아주머니한테 피해 줘서는 안 되겠다는 생각에 내가 한 달 후에 이발소에 들러서 그 녀석이 가불한 돈 갚을 테니까 녀석이 두고 간 이발도구나 잘 좀 챙겨 달라고 했어. 그리고 꼭 한 달 후 약속한 시각에 안양 이발소에 갔어.

가니까 아주머니가 깜짝 놀라는 거야. 그 녀석 가족도 친척도 아닌 사람이 일부러 안양까지 들러서 돈 갚아 주고 가니까. 아주머니가 싸준 이발기구와 가운을 가지고 돌아와서 녀석과 자주 가던 동네 칼국수 집에 맡겨 뒀어.

그리고 한 일주일쯤 지나서 녀석한테 연락이 온 거야. 그런데 나는 아무 말도 안 했어. 내가 너한테 그렇게 호의를 베풀었는데 너는 왜 그렇게 배신을 하냐, 뭐 그런 얘기는 하지 않았어. 왜냐고? 할 필요 없으니까.

그냥 이렇게 말했어. 이제 무소식이 희소식이라고 여길 테니까 나한테 굳이 연락 안 해도 된다, 내가 너한테 해줄 수 있는 것은 이제 끝난 것 같다. 그래 놓고 내가 이랬어.

"그래도 이놈아, 이발 도구는 챙겨 가야지. 그래야 밥 벌어먹고 살아가지. 알다시피 그게 네 녀석 생명줄 아니냐. 우리 가던 칼국수 집에 맡겨 놨으니까 찾아가. 그리고 너 이발소에 빚진 거 없어. 내가 가서 다 갚았어. 그러니 그 집에서 벗어나 새로운 곳에서 새롭게 시작해. 너 이제 거리낄 것 없으니까 어디 가서든 당당하게 살아."

그 뒤로 녀석은 칼국수 집에 들러 이발도구 다 찾아갔어. 내 부탁대로 나한테 더 연락은 안 하고. 어디 지방 같은 데 내려가서 이발하면서 살고 있으려니 생각해.

어때? 내 얘기 시시해? 자랑이라고 해서 그 사람을 훌륭한 인간으로 싹 바꿔놓은 사례인 줄 알았는데 고작 실패담이요? 이렇게 묻고 싶을 거야.

방향은 엇나갔는데 바로 그 질문에 해답이 있어. 실패담이란 말에 해답이 있단 말이지. 대개 교도소에서 출소한 사람을 도왔다고 그러면 그다음에 그 사람이 확 변해서 딴사람이 됐다, 뭐 이런 감동적인 이야기를 기대하는데, 그런 경우 많지 않거든. 많지 않은 게 아니라 아주 드물어.

내가 한번 도와줬다고, 충고 한마디 해줬다고 그 사람이 바뀔 거라고 기대하는 거, 그거 굉장히 오만한 거야. 욕심이라니까. 예수님 부처님 말씀을 직접 들은 사람 중에도 나쁜 짓 하는 사람이 있었는데, 우리가 뭐 그렇게 대단하다고 봉사 한 번에 그 사람이 바뀌길 기대하느냐 말이야.

그 사람이 확 변할 거라고, 그러니까 완성품이 될 거라는 기대는 애초부터 접어야 하는 거야. 그래야 봉사하는 게 편해진다니까. 왜 옛날에 유행했던 노래 중에 '인생은 미완성'이라는 것도 있잖아. 그 노래처럼 '봉사는 미완성', '남 돕는 일은 미완성', '좋은 일은 미완성' 이런 생각을 가슴속에 넣고 봉사를 시작하면 되는 거야.

내가 도와줘서 끝에 어떻게 될지 그거 보겠다고 생각하지 말고, 그저 물에 빠진 사람 손 한번 잡아주고, 차도 한복판에서 울고 있는 아이 인도에 갖다 내려놓는다고 생각하면 돼. 물에 빠진 사람 보따리까지 찾아 주고, 차도에서 우는 아이 부모까지 찾아 주면 좋겠지만 그렇게 완벽하게 하는 건 사람의 능력에서 벗어나는 일이잖아. 그러니 응급조치만 해주자는 거지.

한번 시작했으면 끝을 봐야 한다고 우기는 사람들이 있는데, 그런 사람들은 대체로 오래 못 가. 내가 남 좀 도와 봤는데, 안 되는 인간은 정말 안 된다는 둥, 사람이 정말 싫다는 둥 그런 뒷소리나 하고 다니기 십상이지.

아까 내가 이발사 녀석더러 앞으로는 연락하지 말라고 했다고, 차갑고 매정한 사람이라고 생각했을 수도 있어. 그런데 그 선을 넘어가면 쉽게 지치게 돼. 그러니까 거기서 끝내고 또 새로운 에너지로 다른 응급조치를 하는 거야. 나는 그 녀석이 가장 절실한 순간에 손을 잡아 줬어. 그러면 그뿐이야. 한 번 손을 잡았다고 계속 잡아 줘야 할 이유는 없다는 거야. 그렇게 해놓고 또 다른 절실한 손을 잡으러 나서는 게 내 봉사 방식이야. 물론 10년 넘게 상담한 사람도 있지. 그런 경우는 그 사람을 대할 때 지치지 않으니까 계속 한 거야. 치고 빠지는 공식이긴 한데, 무조건 치고 빠지라는 게 아니라 내 에너지를 봐가면서 하는 거란 말이야.

이게 내가 오랫동안 봉사를 할 수 있었던 비결이야. 완성품을 보겠다는 욕심만 버리면 몸도 마음도 가볍게 봉사를 할 수 있단 말이지. 어때? 아직도 봉사하는 게 부담스럽게 느껴져?

봉사한답시고 배 아픈 사람한테
두통약 주는 짓은 하지 말자고.
이왕 봉사라고 할 거면
저쪽에서 진짜로 필요로 하는 걸 주는 게 좋잖아.
필요한 걸 무조건 다 줘야 하는 것도 아니야.
그게 나한테 있으면 주는 거고 없으면 또 그뿐인 거라.
내가 저 사람을 끝까지 책임져야 한다는 오만을 버리면
봉사를 시작하는 마음이 한결 가벼워질 거야.

책임공식

내 탓이라고?
그게 왜 전부
내 탓이야!

잘 되면 내 탓이고 못 되면 조상 탓이라고, 사람이 자기 잘못을 인정하기가 굉장히 어려워. 교통사고 나면 대놓고 큰소리부터 치고 멱살잡이하는 것도 그렇고, 수백억씩 해 먹고도 나는 시키는 대로만 했다느니, 그 당시에는 어쩔 수 없는 상황이었다느니 하는 것도 다 이거 때문에 그렇거든.

오죽했으면 종교단체에서 '내 탓이오'라는 캠페인까지 벌였을까. 왜 차에다가 '내 탓이오' 딱지도 붙이고 그랬잖아. 그게 얼마나 효과가 있었는지는 모르겠는데, 아무튼 그 운동이 제대로 정착된 건 아니니까 내가 제2의 '내 탓이오' 운동을 벌여볼까 해. 어때? 같이 동참해 볼 생각 있어?

두 번째니까 구호도 조금 바꿔 봤으면 해. 한창 그 운동할 때도 느낀 거지만 '내 탓이오' 하면 '무조건 내 탓이라고 합시다'라는 느낌이 강하단 말이야. 그러니까 이 말대로 하다가는 억울한 사람이 너무 많이 생기겠는 거라. 뻔히 저놈 잘못이 보이는데 내 탓이라고만 하라니까 말이야. 거꾸로 이야기하면 억울한 거 좋아하는 사람은 없으니까 '내 탓이오'가 잘 안 될 수밖에 없거든.

그래서 나는 '내 탓도 있다'를 구호로 내세워 볼 참이야. 무슨 말인가 하면 잘잘못을 확실하게 따져놓고, 그다음에 내 탓을 찾아보자는 말이지.

예를 들면, 내가 옛날에 비전향장기수들 지낼 곳을 마련하려고 어디 시골에 땅을 조금 사려고 했는데 홀랑 당해버렸지. '아는 사람의 아는 사람'한테 맡겼는데 이게 내가 속은 거였더라.

이런 상황에 나보고 다 당신 탓이다, 이러면 내가 억울하잖아. 또 나 스스로 '전부 내 탓이오' 하면 정신 나간 사람이거나 10단이거나 둘 중 하나거든. 저쪽은 무조건 좋게 생각하고 나만 뒤집어쓰자, 이런 건 내가 아무리 인생 9단이라도 못하겠단 말이야. 당연히 나를 속인 놈이 나쁜 놈이고, 그놈 탓이 크지.

요렇게 나쁜 놈을 가려놓고, 더 잘못한 놈을 가려놓고 그다음에 내 탓을 찾아보는 거야.

내가 땅을 사기 전에 등기부도 떼어보고 철두철미하게 준비했으면 그런 일이 없었을 거다, 내가 곰팡이를 직접 옮겨 놓지는 않았지만 습도하고 온도는 제공한 거다, 이렇게 말이야.

이게 두 가지 좋은 점이 있는데 하나는 내가 발전하는 거고, 또 하나는 내가 편해지는 거야.

왜 발전이 되냐 하면 내 탓, 그러니까 내 잘못을 찾아내면 반성을 하게 되잖아. 그러면 다음에 비슷한 실수를 하지 않는단 말이지. 우리가 살아가면서 나를 고칠 수 있는 기회가 그렇게 많지 않아. 그러니까 나를 고칠 수 있는 기회를 발견해 봐라, 그 말이야.

'뭘 그 정도 가지고 반성이니 뭐니 해요? 당하고 나서 다음에도 등기부 확인 안 하면 그게 바보지.'

그렇지, 또 등기부 확인 안 하면 바보지. 그런데 내 반성이 '다음에는 꼭 등기부를 확인하자.'로만 끝나는 게 아니라 다른 모든 일을 할 때도 더 신중해지는 거라. 섣부르게 좋은 일 하겠다는 욕심만 갖고 덤비다가 한 방 먹었으니까, 다른 일을 벌일 때도 주변을 차근차근 살피게 된단 말이지. 반성을 안 하고 남의 탓만 하면 딱 등기부에서 머물고 말지만 말이야.

그다음에, 왜 내가 편해지는가?

나도 처음 속았다는 걸 알았을 때는 정신이 아득했지. 한두 푼도 아니고 말이야. 또 나는 좋은 일 하려고 그랬는데 그걸 이용해서 속였으니까 얼마나 괘씸해. 그런데 생각해 보니까 그놈을 잡는다고 해서 내가 돈을 돌려받을 수 있는 것도 아니고, 잡아다 놓고 뺨을 후려갈겨 봐야 내 손만 더러워지고 마음만 더 어지럽겠더라고. 그리고 작정하고 속이려고 하는 놈이 쉽게 잡힐 것도 아니잖아.

그래서 저놈은 나쁜 놈이다, 하고 놔두고 나한테 눈을 돌린 거야. 그놈 욕만 하고 있으면 나만 자꾸 힘들어지니까 생각을 바꿔 버렸단 말이지. 다들 해봐서 알겠지만 사람 미워하는 게 엄청나게 힘든 일이거든. 에너지가 많이 빠져나가고 그 자리에 탁한 생각만 가득해지는 거라. 그러니 속아서 돈 잃고, 그놈 미워하느라고 마음 잃고, 이러는 것보다 훨씬 낫잖아. 안 그래?

친구랑 말다툼을 했을 때나 부부싸움을 했을 때도 크게 다르지 않아. 물론 이런 경우에는 정확하게 나쁜 놈이 가려지지 않으니까 무턱대고 저놈은 나쁜 놈, 하고 결론짓기가 어렵기는 하지만 원리는 똑같아.

영영 헤어질 생각이 아니면 빨리 화해를 해야 되는데, 화해하려다가 더 크게 싸우는 일도 많잖아. 그게 왜 그러냐 하면, 내 반성은 놔두고 상대한테만 반성을 하라고 해서 그런 거야. 좀 더 영리한 사람들은 먼저 자기반성을 짧게 한 다음에 상대방이 잘못한 걸 한참 동안 이야기하기도 하는데, 그것도 그렇게 현명한 방법은 아니야.

내가 화해하기로 마음을 먹었잖아. 그러면 '생각해 보니까 내가 잘못한 거 같아.' 이러면서 내 잘못만 이야기하는 거야. 화해하려고 겨우 좋은 자리 만들었는데 거기서, '당신이 그러지 않았으면 나도 그러지 않았다.' 이러고 있으면 화해가 되겠냐고?

'그러다가 진짜 나만 잘못한 게 되면 어떡해요?'

이렇게 묻고 싶을 거야. 그럴 수도 있어. 그런데 그런 경우는 많지 않아. 대개 당신이 그렇게 나가면 저쪽에서도 자기 몫의 반성을 하게 돼 있어. 당신이 걱정하는 일이 생긴다면 그건 저쪽이 정말 자기 잘못을 전혀 보지 못하는 사람이거나, 아니면 당신이 있지도 않은 남의 잘못을 만들어내는 경우, 두 가지뿐이야. 그런데 당신이 그런 사람일 리도 없고, 또 그런 당신이 만난 사람이 영 막돼먹은 사람일 리도 없거든. 세상에 그런 사람이 많지 않다, 그 말이야.

어때? 내 운동에 동참해 볼 마음이 생겼어? 어렵다고? 그렇지, 쉽지는 않을 거야. 그래도 행복으로 가는 열차를 타려면 그렇게 하는 게 좋을 거야.

나는 행복열차를 타는 티켓을 어디서 끊는지 말해줄 뿐이지 직접 끊어주지는 못하거든. 불행 티켓을 끊을지, 아니면 행복 티켓을 끊을지 그건 오롯이 당신만이 결정할 수 있는 문제니까 말이야.

속아서 돈 잃었다고 그놈 원망만 하고 있으면

돈도 잃고 마음까지 잃는 거야.

나쁜 놈은 나쁜 놈이니까 놔둬.

그놈 몫의 반성까지 내가 걱정할 필요가 뭐가 있냐 말이야.

그저 내 몫의 반성만 하자고.

그러면 잃는 중에도 얻는 게 생길 거야.

진하게
배신 한번 당해봐

친하게 지내던 친구가 있는데 알고 보니까 이 친구가 뒤에서 내 욕을 하고 다닌다, 그러면 배신감 느껴지지.

남편이 딴 여자랑 눈이 맞았다, 환장할 노릇이지. '살아? 말아? 악착같이 현장을 잡아서 저걸 콩밥을 먹여, 어째?' 하다가 한 성깔 한다는 양반들은 문제의 여자를 찾아내서 머리채를 잡는 일도 허다하지.

하나만 더 하자. 내 자식만은 안 그럴 거라고, 내 자식만큼은 천하에 없는 모범생이라고 생각했는데 아, 이 자식이 담배도 피우고 술도 먹고 싸움질도 하고 돌아다닌단 말이야? 그럼 또 붙들고 '내가 너를 어떻게 키웠는데'부터 시작해서 '너하고 나하고 콱 죽어

버리자.'까지 무슨 정해진 대본이 있는 것처럼 쭉 나와.

사람 사는 게 어차피 이 사람 저 사람하고 관계를 맺는 일이다 보니, 사람한테 실망하지 않기란 여간 어려운 게 아니야. 이럴 때 사람들은 배신당했다면서 펄쩍펄쩍 뛰거나 풀썩 주저앉는데, 이거 영 개운치가 않아. 배신당한 그 심정 이해 못 하는 건 아닌데, 사람들이 온통 남 탓만 대더란 말이지. 그저 상대는 죽일 놈이고 자기는 그럴 수 없이 순수한 피해자야. 그런데 진짜 순수해? 한 점 부끄럼도 없냐는 말이야! 내가 지금 무슨 성인군자처럼 '아무리 남이 너를 등쳐먹어도 절대로 원망하지 마라.'거나 '오른쪽 뺨을 때리거든 왼쪽 뺨도 내밀어라.' 뭐, 이런 말을 하려는 게 아니야.

우리가 서로 순수한 관계니 어쩌니 해도 속으로는 다 계산을 대고 있단 말이야. 계산하면 또 돈 계산만 생각하는데, 돈 계산만 계산이 아니야. 대개 사람들이 제 것은 요모조모 아낀다고, 이것은 이렇게 아끼고 저것은 또 저렇게 아끼고. 그런 깍쟁이 같은 심정으로 무슨 놈의 상대방 마음이 열리냐 그 말이야. 예를 들면 우리가 장난감을 둘이 갖고 와서 놀기로 했는데, 자기 장난감은 좋다고 자꾸 뒤에다 놔두고 내 장난감만 갖고 놀라고 그러는 거 하고 똑같아. 놀려고 왔으면, 같이 이야기하려고 왔으면 아낌없이 내놓고 이야기를 해야 마음이 열리고 진심이 통하는 거야.

내가 지난번에 교무과장님 부탁 받고 유영철을 편지 상담했을 때도 제일 먼저 내 인생의 가장 외로웠던 순간을 이야기했어. 이혼을 하고 딸아이 둘의 손을 잡고 집을 나섰을 때 망망대해에 혼자 선 기분이었거든. 나는 유영철 그 녀석도 마찬가지라고 생각했어. 그 녀석이 엄청난 범죄를 저지른 살인범이긴 하지만 인간이잖아. 얼마나 고독하겠어. 세상에 네 말을 믿어주는 사람 하나 없이 망망대해에 서 있는 기분 아니냐? 하고 물은 거지. 이렇게 먼저 내 속을 열어 보여 주니까 그 녀석도 마음을 열고 대한 거야.

내가 무슨 말 하려는지 알겠어? 배신이니 뭐니 하기 전에 내 진심을 확 열어놓고 보여주자는 말이야. 내 상처를 먼저 보여주란 말이야. 친구들을 만났으면 내 이야기를 해야지 자식 이야기, 남편 이야기 하면서 헛세월 보내서야 되겠어? 그렇게 내 속을 다 보여준 다음에, 그다음에 배신이니 뭐니 그런 말을 하자는 거야. 배신이 뭐야? 믿음을 저버리는 거잖아. 어떤 사람을 믿는다는 건 내 속에 있는 무슨 이야기든 할 수 있고, 해놓고 불안하지 않아야 하잖아. 그런데 그렇게 하지도 않고 배신은 무슨 배신이냐고.

그럼, 이렇게 말할 수 있겠지. 진짜 마음을 열고 아낌없이 줬는데 상대가 배신을 하면 어떻게 하냐고. 그 상처를 어떻게 하냐고. 맞는 말이야. 상처가 생기지.

여기서 우리는 흔히 말하는 선택의 기로에 놓인 거야. 첫째는 적당히 주고 적당한 관계 유지하면서 있어도 그만, 없어도 그만인 사람들 만나면서 스스로도 있어도 그만, 없어도 그만인 사람이 되는 게 있어. 둘째는 내 진심을 드러내놓고, 진심이 통하는 관계를 만들어 가다가 어쩌다 배신을 당하는 것. 사실 이럴 때 배신당하면, 하는 놈이 나쁜 놈이지 진심을 준 사람이 바보가 되거나 그런 건 아니야.

나는 두 번째를 선택했고 그렇게 살아오고 있어. 그렇잖아. 사람이 자기가 관계 맺고 있는 사람한테 있어도 그만, 없어도 그만인 게 얼마나 슬픈 일이야. 차라리 어쩌다가 배신을 당하는 한이 있어도 내가 저 사람한테 소중한 사람이고 저 사람이 나한테 소중한 사람인 게 훨씬 좋지 않아?

할머니가 배신 한 번도 안 당해 봐서 그런다고 할지 모르겠는데, 나도 배신 당해 봤어. 의지할 곳 없는 아이 보살펴주다가 집 털린 적도 있어. 처음에는 참 당황스럽다가 이런 생각이 들데. 내가 그놈 잡는다고 물건 돌려받을 수 있는 것도 아니고 그냥 잊어버리자 했지. 배신한 놈 미워하니까 내가 너무 힘들어서 안 되겠더라고. 그래서 잊어버리기로 했어. 순전히 나를 위해서 말이야.

그런데 언젠가 재소자들 강의하다가 이 얘길 했더니 앞자리에 앉은 재소자 한 사람이 딱 그러는 거야. 그 아이가 오죽하면 그랬겠냐고 말이야. 그때 깨달아서 생각을 바꿨어. 오죽하면 그랬겠냐고. 그 친구가 명언을 한 거지.

아, 그리고 한 가지 빼먹은 이야기가 있어. 하마터면 그냥 지나갈 뻔했는데, 돈 떼이는 것 중에서 한 번에 큰 돈 벌겠다고 빌려줬다가 사기당하는 거 말이야. 보통 이런 거는 또 아는 사람인 경우

가 많지 않아? 그런 거는 절대로 배신이라고 하면 안 돼. 입 밖에
도 꺼내지 마. 그게 무슨 배신이야? 자기가 노력한 거보다 더 많이
가지려고 하다가 그렇게 된 건데, 그걸 배신이라고 하면 웃기지.
그건 이야깃거리도 안 되고 어디 가서 이야기해 봐야 뒤에서 욕먹
기 딱 좋으니까, '내가 내 발등 찍었소.' 하고 가만있는 게 좋아.

　노력한 만큼 벌겠다고 생각하는 게 최고야. 그게 바로 돈에 대
한 진심이니까 잘들 생각하라고.

자물쇠 꽁꽁 잠그고 열쇠 꼭 쥐고 있으면
배신당할 일은 없을 거야.
그런데 그렇게 사는 거, 답답하고 서글프지 않아?
있어도 그만 없어도 그만인 사람 되는 거
슬프지 않냐고.
문이란 문은 모두 다 활짝 열어봐.
봄바람 같은 사람의 정이 불어올 테니까.

용서공식

용서는
아무렇지 않을 때
하는 거야

몇 년 전부터 우리 사회에 용서니 화해니 하는 말들이 나돌았잖아. 미래 운운하면서 과거를 용서하고 화해해야 한다는 이야기들 말이야. 얼마 전에 짓느니 못 짓느니 말 많던 그 박정희 기념관이란 것도 그것 때문에 나온 거잖아. 정치적인 계산이야 어떻게 한 건지 알 수 없는데, 어쨌든 명패는 용서였잖아. 지금은 또 어떻게 돌아가고 있는지 모르겠는데, 나는 그 기념관 짓는다고 할 때부터 저게 뭐 하는 짓인가, 싶더라고. 무슨 중국집 유머 같아.

무슨 말이냐 하면 선배 하나 하고 후배 네 명이 중국집에 갔어. 후배들이 짬뽕이니 우동이니 각자 먹고 싶은 걸 이야기해. 그런데 대표로 주문을 하는 선배라는 놈이 '여기, 짜장면 다섯 그릇.' 이렇게 주문을 해버리는 거라. 농담이니까 그렇지 이게 실제 상황이면 앞으로 선배 대접 받기 힘들어질 게 뻔하잖아.

이 어이없는 농담 같은 짓을 김대중 전 대통령이 해버린 거야. 남의 용서까지 대표로 해버렸다, 그 말이야. 본인은 진짜 용서가 됐는지 몰라도 아직까지 용서를 못하고 있는 사람들이 많다고. 박정희한테 당한 사람이 얼마나 많아. 가족을 잃어버린 사람들도 있고, 그 사람들은 아직도 그때 일이 응어리로, 암 덩어리로 맺혀있는데 혼자서 '스마일' 하면 어쩌자는 거야. 가위 넣어놓고 봉합 수술한 꼴밖에 더 돼?

그냥 개인이면 문제될 것도 없어. 자기 돈으로 자기가 존경하는 사람 기념관 짓겠다면 그거야 어쩔 수 없는 일인데, 아니잖아. 대통령이잖아. 거기다가 나랏돈으로 짓는 거잖아. 김 전 대통령도 고문 많이 당하고 죽을 고비도 많이 넘겼지. 그래도 노벨상까지 타고 대통령도 됐으니까 용서하고 싶은 마음이 생길지 몰라도, 다른 사람은 아니란 말이야. 용서하고 싶으면 혼자 조용히 박정희 무덤에 가서 용서해 주고 오면 그만이야. 아무도 모르게 해야 한단 말이야. 적어도 대통령이란 사람이 박정희를 용서하려면 한 맺힌 사람이 이제 우리는 다 풀렸으니까 당신이 대표로 손만 들어줘, 이쯤 돼야 가능한 일이야. 그렇지 않으면 정말 '여기, 짜장면 다섯 그릇.'이 돼버린다니까.

자, 한숨 돌리고 이제 우리끼리 하는 용서 이야기를 좀 해보자.

사회적인 주제 말고 범위를 좀 좁혀보잔 말이지. 사람이 살다 보면 용서할 일도 생기고, 또 용서받을 일도 생기잖아. 상대가 좀 잘못해도 쉽게 용서가 되고, 또 잘못한 사람이 진심으로 용서를 빌어주면 세상살이 한 짐 덜겠는데, 알다시피 잘 안 되잖아. 그래서 용서의 공식을 한번 풀어볼까 해.

내가 조금 전에 용서의 공식을 이야기했는데 기억나? 어정쩡하게 착한 척하면서 용서하는 건 용서가 아니야. 이게 용서의 공식이야. 용서하는 척했다가는 자기만 손해거든. 주위 사람들한테야 마음 넓은 사람, 착한 사람이 될지 모르지만 자기 속은 문드러지는 거라. 미운 놈한테 미운 내색을 못하니까, 친한 척하고 사이좋은 척해야 하니까 속으로 골병이 들 수밖에 없잖아.

사람이 살면서 제일 괴로운 것 중 하나가 자기 속하고 다르게 행동할 때란 말이야. 돈 없으면서 있는 척하고, 모르면서 아는 척하고, 착하지도 않으면서 착한 척하고, 요렇게 '척'하고 살면 영 행복하고는 '빠이빠이'란 말이지. 그저 오른손을 딱 들어서 왼쪽 가슴 위에 올려놔도 쿵쾅거리지 않을 만큼만 착하게 살면 돼. 심장이, 그러니까 양심이 벌렁거리지 않을 정도만 살아도 잘 사는 거란 말이지. 간혹 심장을 빼다가 어디 햇볕에 말려 놓은 놈들도 있더라만 그런 놈들을 본보기로 삼을 필요는 없잖아. '누구는 그렇게 못된 짓을 해도 잘만 삽디다.' 해봐야 우리처럼 마음 여린 사람들은 그렇게 살라고 해도 영 마음이 불편해서 못 산단 말이지. 심장 빼놓고 살 자신 있는 사람은 그렇게 한번 살아보든지. 굳이 누가 자기 욕하는 것도 모르고 사는 불쌍한 사람이 되고 싶다면야 어쩔 수 없는 일이지, 뭐.

어정쩡한 용서는 안 되고, 그럼 어떨 때 용서를 해야 되는가? 아무것도 아닐 때 진짜 용서가 되는 거야. 그 사람이 나한테 한 짓을 생각해도 아무렇지 않을 때, 내 마음에서 그 일이 아무 일도 아닐 때 용서를 해야 한단 말이지. 잘 생각해 봐. 나는 그놈 생각하면 바윗돌 하나 올려놓은 것처럼 가슴이 답답한데, 그놈은 용서를 받았네 하면서 떵떵거리고 돌아다니면 그것만큼 억울한 일도 없다니까.

그렇다고 요놈, 요놈 하면서 속으로 끙끙 앓고 있는 것도 권장 사항은 아니야. 복수할 기회가 생기면 좋겠지만 살다 보면 그게 안 되는 일도 많지. 그렇다고 용서가 되는 것도 아니고 말이야. 그럴 때는 살다 보니 이런 일도 있구나, 하고 받아들이는 거야. 옷에 먼지 묻었다고 생각하고 툴툴 털어버리는 게 좋단 말이지. 이것도 중요한 인생 공식이니까 잘 외워둬.

의사가 환자 뱃속에 가위 넣고 봉합하는 걸 의료사고라고 하고
어정쩡하게 용서하는 건 '인생 사고'라고 할 수 있지.
쓸데없이 착한 척할 필요 없어.
내 인생이 불편해지면서까지
착한 척할 필요는 없단 말이야.

지혜를 뒤집어,
그럼 뭐가 나오는지

알라딘과 요술램프 이야기, 다 알지? 다들 내가 램프를 가지게 되면 무슨 소원을 빌까, 하는 그런 상상 한 번씩은 해봤을 거야. 안 해봤으면 지금 한 번 해봐. 상상하는 데 돈 드는 거 아니니까 한 번 해봐. 재미있잖아.

자, 뭐가 나왔어? 로또? 아들딸이 공부 잘하는 거? 과거로 돌아가는 거? 장난기 있는 사람은 세계정복, 우주정복 이럴 수도 있겠네.

아무튼 이런 팔자 고칠 수 있는 중요한 순간에 엉뚱하게 '지혜'를 달라고 한 사람이 있더란 말이지. 그 양반 이름이 솔로몬인데 다들 알지? 유전자 감별을 해야 알아낼 수 있는 모자 관계를 '애를

반으로 나눠라.' 이 한마디로 찾아준 사람이잖아.

솔로몬이 이렇게 지혜로워진 게 다 하나님이 '원하는 것을 다 줄 테니 말해 보거라.' 했을 때 지혜를 달라고 해서 그렇다고 하는데, 원래부터 상당히 지혜로운 사람이었겠지. 아무리 솔로몬이 왕이라도 지혜가 없었으면 금덩이 주시오, 세계를 제패하게 해주시오 하면서 욕심을 더 냈을 테니까 말이야.

이 양반이 한 말을 모은 게 잠언인데, 다 좋은 말씀이지만 유독 나한테 와 닿는 게 몇 마디 있어. 내가 두 개만 소개할 건데 그 중 하나가 '어려운 사람이 찾아와서 도움을 청하거든, 내일 다시 오라고 하지 마라.'는 말이야. 먼저 이 이야기를 좀 해볼까 해.

이 말 자체가 그렇게 어려운 건 아니야. 누가 도와달라고 하거든 당장 도와주라는 뜻인 거야 다 알잖아. 그런데 어떤 좋은 말이든 다 마찬가지지만 이 말대로 하기는 쉽지 않거든. 그게 행동이 쉽지 않아서 그런 것도 있지만 미리 그 말의 뜻을 깊이 새겨보지 않은 탓도 있는 것 같더란 말이야. 그래서 이런 말도 하잖아. '그 말이 무슨 뜻인지 이제야 알겠다.'고.

그러니 솔로몬의 말이 맞다고 생각하는 사람은 이 할머니 따라서 그 뜻을 깊이 새겨보자고. 이 말은 주는 사람한테 하는 말이지만 우리는 받는 사람의 입장에서 연습했으면 해. 그게 훨씬 더 절실하게 다가올 테니까.

예를 들어 당신이 친구한테 돈을 빌리러 간다고 쳐. 병원비라든지 굉장히 급하게 돈이 필요한 일이 생겼는데 그때 제일 먼저 떠오른 친구가 있어. 그러면 평소에 안부 전화하는 것처럼 쉽게 전화해서 돈 빌려달라고 할 수 있을까? 아닐 거야. 몇 번은 망설이겠지. 참 입이 안 떨어지는데 사정이 워낙 급하니까 망설이고 망설이다가 겨우 전화를 했는데 그 친구가 지금은 바쁘니까, 지금은 돈이 없으니까 내일 다시 전화하라고 하면 기분이 어떻겠어?

딱 출소해서 나한테 전화해서 만나고 싶다고 하는 사람은 뻔히 나한테 도움을 청하는 거잖아. 설마 그 사람이 나를 좋아해서 만나자고 했겠어? 그런데 그때 내가 바쁘니까 다음에 연락하라고 그러면 그 사람이 당장 할 일은 또 범죄밖에 없는 거잖아. 굳이 비유를 하자면 도움을 청하는 사람은 응급환자고 받는 사람은 의사야. 환자는 지금 죽는다고 데굴데굴 구르는데 내일 오시오. 그러면 되겠냐고.

물론 진짜 정신없이 바쁠 수도 있고, 돈이 없을 수도 있지. 그래도 해줄 수 있는 데까지 응급조치는 해줘야 한단 말이지. 응급조치가 안 되면 진심어린 따뜻한 말이라도 건네줘야 그게 사람 사는 정이잖아.

어때? 연습이 좀 됐어? 꼭 이것만이 아니더라도 옛날부터 전해 내려온 말은 다 그만하니까 아직까지 살아있는 거니까, 한 번에 꿀꺽 삼키지 말고 입에 넣고 잘근잘근 씹어봐. 인생에 도움이 되는 영양소들이 쏙쏙 빠져나올 테니까.

자, 두 번째 말씀을 들을 차례야.

'개가 토한 것을 도로 먹는 것같이 미련한 사람은 미련한 짓을 거듭한다.'

이 이야기는 내가 '책임공식'에서 한 적이 있는데 기억나? 물론 똑같이 하지는 않았지. 내가 내 탓을 찾아서 반성해야 한다고 했잖아. 미련한 짓을 거듭하는 게 결국 반성을 하지 않아서 그런 거거든.

그 이야기를 조금 더 해보자고. 정치는 말할 것도 없고, 직장에서든, 가정에서든, 친구 사이에서든 늘 문제가 되는 게 이 책임 공방이니까 말이야.

정말 어쩌다가 싸움을 하는 사람은 말고, 자주 싸움을 하는 사람들이 있어. 깡패도 아닌데 말이야. 이 사람들 만날 하는 이야기가 재수 없이 이상한 놈하고 얽혀가지고 그렇게 됐다고 한단 말이야. 싸우고 나서도 전혀 자기반성이 없는 거야. 그러니까 만날 토한 거나 먹고 있는 거야.

그런데 반성을 하더라도 제대로 하지 않으면 토한 거는 안 먹는데 또 다른 썩은 거를 먹게 되는 거야. 지혜로운 사람은 똥인지 된장인지 냄새만 맡아도 아는데 미련한 사람은 매번 찍어 먹어본 다음에야 구분을 하는 거지.

우리가 어디 길 가다가 처음 보는 꽃을 봤어. 특별한 경우에는 그게 꽃이 아니고 잎일 수도 있지만 대개 어떤 게 꽃인지 어떤 게 잎인지는 알거든. 처음 봐도 그렇게 알 수 있는 건 다른 꽃을 봐서 그런 거야. 꽃은 보통 비슷하게들 생겼으니까 말이야.

이런 것처럼 한 번 미련한 짓을 해서 낭패를 봤으면 다음에는 비슷한 걸 봐도 안 해야 하는데, 미련한 것들은 꼭 반복을 한단 말이지. 반복한다는 말은 결국 변화하지 않는다는 거야. 누가 옆에서 무슨 말을 하건, 무슨 일을 당하건 그저 미련한 자신만 고집하면서 가는 거야.

어쨌거나 당신은 좀 더 지혜로운 사람이 되어야 하는데, 이게 쉽지가 않아. 지식이야 책상머리에 앉아서 열심히 공부만 하면 쌓이는데 지혜는 그렇지 않거든. 지식도 필요하고, 경험도 필요하고 반성도, 생각도 필요하단 말이지. 그걸 다 하려니까 벌써부터 맥이 빠지는 것 같고 말이야.

어떻게 하면 좋을까?

내가 제안하는 방법은 '하나님이 솔로몬에게 지혜를 준 것이 아니라 그의 미련함을 가져가신 걸지도 모른다.'라고 뒤집어서 생각을 해보자는 거야.

그러니까 우선 미련한 짓부터 하지 않으려고 노력해 보자는 말이야. 그렇게 미련한 짓을 자꾸 줄여가다 보면, 최소한 토한 것을 거듭해서 먹는 짓만이라도 점점 줄여가다 보면 조금씩 지혜로운 사람과 닮아가지 않겠냐는 거지.

그러면 아주 지혜로운 사람이 되어서 존경받는 일까지는 없

어도 당신 인생 하나쯤은 편안하고 따뜻하게 살 수 있을 거란 말
이지.

하나님이 솔로몬에게서 미련함을 가져갔듯이
우리의 미련함도 누가 가져가버리면 좋겠지만
그런 일은 일어나지 않을 거야.
그러니 어떡해.
마음 편한 인생을 살고 싶으면
우리 스스로 그 미련함을 버려야지.
그래야 인생을 편안하고 따뜻하게 살 수 있잖아.

물 한 바가지
퍼주는 심정으로
도우면 돼

몇 달 전에 아주 귀한 냄비가 38선을 뚫고 왔더라고. 냄비는 시작일 뿐이고 다른 물건들도 곧 38선을 뚫고 내려올 거라고 하고 또 남한에서 전기도 올라갔다고 하니까 참 반가운 소식이야. 그렇게 자꾸 뚫으면서 왔다 갔다 하면 언젠가 구멍이 커져서 남북한 사람들이 서로 보는 통로가 생기고 이해도 하게 되겠지. 내가 무슨 분석을 해서 그렇다는 게 아니라 그냥 그랬으면 하는 바람을 갖고 있는 거야.

그래, 이번에는 북한 이야기를 해볼까 해. 인생 9단하고 북한하고 무슨 상관이 있냐고? 다 듣고 나면 '아!' 하고 오는 느낌이 있을 테니까 한번 들어봐. 다른 사람이 이야기하는 통일 문제처럼 어렵고 복잡하지도 않아. 그런 건 나도 잘 모르니까 할 수도 없고, 해서도 안 되겠지. 그저, 사람 이야기를 좀 하고 싶은 거야.

한번은 청주 감호소에서 비전향장기수들을 상대로 30분 동안 강의를 한 적이 있어. 지금은 다 풀려났는데 한 62명인가가 있었어. 그 강의의 목적이 뭐였겠어? 이제 그만 전향을 하시오, 그런 거잖아. 그런데 거기 있는 분들은 4, 50년을 자기가 믿는 체제를 버리지 않고 있는 사람들이야. 전직 장관이나 유명인사들이 가서 그 사람들한테 전향 홍보를 해. 그러면 '우우' 하고 야유를 보내면서 자리에서 일어나는 사람들이야. 그만큼 자기 체제에 대한 신념이 강한 사람들인데, 내가 몇 마디 한다고 생각이 바뀌겠냐고. 50년 세월이 30분 동안의 말에 무너지겠냐 말이야? 어림없는 소리지.

아예 전향시키겠다는 건 꿈도 안 꿨어. 그냥 부탁을 해서 자료를 좀 보니까 그중에 아홉 분이 올해가 환갑이더라고. 그래서 환갑 선물로 내복을 사가지고 강의실로 들어갔어. 딱 들어가니까 이 사람들이 놀라는 거라. 여자가 강사로 온 적이 없으니까 놀랄 수밖에.

그 사람들만 놀란 게 아니라 사실은 나도 놀랐어. 그 머리가 허옇게 센 분들이 눈빛 하나만은 총총히 살아 있더라고. 그래서 아, 저 사람들이 저렇게 총총한 눈빛, 총총한 정신으로 몇십 년 세월을 버텨내고 있구나 하는 생각이 들더라고.

내가 40대 때 일이니까 전부 다 기억나진 않는데 대략 강의 요지가 이랬어.

"제가 여기 와서 30분 강의한다고 해서 당신들이 사상을 전향하겠어요? 턱도 없는 소리라고 생각해요. 저는 그러려고 온 게 아닙니다. 그저 오빠들이 교도소에 갇혀 있어서 여동생이 면회 왔다고 생각해 주세요.

제가 10살 때 전쟁을 겪었는데, 남한의 우방이었던 코 큰 미군은 겁나서 피했지만, 인민군은 저하고 생김새가 비슷해서 우물가에 앉아 물도 한 바가지씩 퍼주고 그랬어요. 그때의 심정으로 제가 여기에 온 겁니다.

스님들이 삼복더위에도 땀을 흘리며 가부좌를 틀고 앉아 스스로의 마음을 찾기 위해 수양하듯이, 여러분들도 비록 몸은 갇혀있지만 수양을 해서 마음만은 훨훨 날아다녔으면 좋겠어요. 그러면 옥살이가 덜 힘들지 않겠어요?"

이렇게 이야기하면서 내가 농담으로라도 전향하란 소리는 안했어. 농담도 할 만한 데서 해야지 다른 사람이 인생을 걸고, 목숨을 걸고 있는 걸 가지고 하면 안 되는 거거든. 아무리 내 생각하고 안 맞아도 말이야.

나는 공산주의니 자본주의니 하는 이념들이 어떤 건지 잘 몰라. 그런데 그게 뭐든 간에 다 사람 잘 살자고 만들어 낸 거 아냐? 사람 잘 사는 데 도움이 되어야 하는 거 아니냐 말이야.

그러니 이념이고 개뿔이고 일단 놔두고 청주감호소에 있던 사람들을 나랑 똑같은 사람으로 봐 보자고. 사람 대 사람으로 한번 생각해 보자는 말이야.

영화에서 본 건지, 책에서 읽은 건지 잘 모르겠는데 하여간 전쟁에 나간 병사가 있었어. 이 병사 배낭에는 고향에서 퍼 온 흙이 한 줌 있었는데 그걸 내내 지고 다니면서 동료들한테 부탁을 하는 거야. 자기가 죽으면 무덤에 이 흙을 뿌려달라고 말이야.

그때 청주감호소에 있던 사람들은 이제 다 풀려났지만 아직 자기 고향에는 가지 못하고 있잖아. 사람이 조금만 힘들어도 고향 생각, 부모 생각이 나는데 그들은 얼마나 고향을 그리워하겠냐고.

당장 북한으로 보내줘야 한다, 이런 말을 하려는 게 아니야. 그건 아주 복잡한 문제 같으니까 나는 잘 모르겠어. 다만 이렇게 힘들어하는 사람들이 있다는 건 한번 생각해 봐야 하지 않느냐는 거야.

그리고 요즘에는 좀 조용한데, 북한에 비료 주고 쌀 주고 한 걸 '퍼주기'라고 욕하는 사람들이 있었어. 그걸로 미사일을 만드네, 그게 다 군량미로 들어가네, 어쩌네 하면서 욕하고, 또 그 돈으로 남한에 못사는 사람들한테나 주지 뭐하는 짓이냐고 열 올리는 사람들도 있었지.

그 속을 통 이해 못 하는 건 아닌데 그러면 어쩌자는 이야기야? 애고 어른이고 뻔히 굶어 죽는 걸 보면서 '북한 망해라, 얼른 망해라.' 그러고 있어야 하는 거야? 아니면 쌀 한 포대씩 짊어지고 다니면서 가가호호 나눠주고, 그 사람들이 먹나 안 먹나 감시하자는 거야?

힘든 사람들 도와줬으면 그걸로 그냥 잊어버리자고. 그저 목이 바짝바짝 타는 사람한테 물 한 바가지 퍼줬다고 생각하자는 말이야. 저 앞에서 이야기한 것처럼 봉사 한 번 했다고 그 사람을 쥐고 흔들려고 하지 말자고. 나는 내 첫 번째 소원이 통일이라고는 말 못해도, 그래도 통일이 되었으면 좋겠어. 분단 때문에 아픈 사람들이 너무 많으니까 말이야.

내 이야기 듣고 할 말 많은 사람도 있을 거야. 국제 정세니, 통일이 되면 경제가 어려워지느니 복잡한 말들 하면서 말이야. 그래, 내 말이 틀렸을 수도 있고 너무 순진한 생각일 수도 있겠지. 그래도 내가 무슨 말을 하고 싶은지는 알잖아. 그러면 당신 생각하고 다르다고 하지만 말고 그 말 속에 들어 있는 마음만 들어. 그러면 되는 거야.

목마른 사람한테 물 한 바가지도

못 퍼주게 하는 이념이라면

그걸 도대체 어디다 써먹자는 거야?

우리가 사람이고 여기가 사람 사는 세상이라면

사람을 제일 먼저 생각해야 하는 거 아냐?

아무리 원수라도 절벽에 매달려 있으면

손부터 내밀고 보는 게 사람이 할 도리가 아니겠냐고.

당신을
귀하게 여기는 것부터
시작해

내가 매일, 매 순간 하는 소리가 있어.

'나 양순자는 진짜 대단한 사람이다.'

바로 이 말이야. 이 할머니가 이번에는 또 무슨 소리를 하려고 대뜸 자기 자랑부터 하나 싶을 거야. 그렇지, 이런 말이 어쩌다가 한 번씩 나오면 그나마 봐줄 수 있겠는데 자주 하면 잘난 척한다는 소리 듣기 딱 좋지.

그런데 나는 이 말을 다른 사람한테 하는 게 아니라 나한테 해. 내 속으로 자꾸 이 말을 되뇌는 거야. 나는 나 스스로 대단한 사람이라고 여기면서 산단 말이지.

당신은 어때? 스스로를 어떤 사람이라고 생각해? 다른 사람의 평가 말고 당신이 평가하는 자신의 모습이 어떤가를 묻는 거야. 자, 잠시 책을 덮고 생각해 봐.

잘 생각해 봤어? 어때? 한마디로 딱 떨어지는 모습이 있어? 아마 그렇게 되기가 쉽지 않을 거야. 가끔 범죄까지는 아니더라도 나쁜 짓도 좀 했을 거고, 또 어디 가서 자랑하고 싶을 만큼 좋은 일을 한 적도 있겠지. 매정하게 부탁을 거절한 적도 있겠지만 또 친절하게 도와준 적도 있을 거야. 또 굉장히 어려운 일을 해낸 적도 있을 테고 너무 쉬운 일인데도 실패한 경험이 없지 않겠지. 약간씩 차이는 있어도 대개 비슷비슷할 거야.

무슨 말이냐 하면 자신을 어정쩡한 사람으로 생각하는 사람이 많다는 거야. 그러면서 듣기 좋은 말로 '보통 사람'이라고 둘러대는데 그러면 어정쩡한 일, 보통의 일밖에 못하는 거라. 사람이란 게 자기가 생각하는 자기 모습에서 크게 벗어나기 힘든 법이거든. 그러니까 지금부터 자신을 대단한 사람이라고 생각해 보잔 말이지.

그렇다고 여기저기 떠들고 다니지는 말고, 마음속으로 늘 '나는 대단한 존재다'라고 되뇌어 보란 말이야. 그러면 자신감도 생기고 하고 싶은 일도 많이 보일 테니까.

이렇게 이야기하니까 사람은 겸손해야 한다, 이런 도덕책에서 배운 내용이 슬슬 생각나지? 그러면 안 될 것 같고, 괜히 자만심 가득한 사람이 되는 것 같고 말이야.

그런 걱정 드는 게 이해 못할 일도 아니야. 책에서든, 어른들한 테든 전부 다 겸손만 배웠지 자신감, 자부심 이런 건 못 배웠잖아. 그저 머리 숙이는 게 '훌륭한 사람'이 하는 일이라고 귀에 못이 박히도록 듣다보니까 이게 도가 지나쳐서 비굴함까지 가는 거야. 이건 겸손이 아니거든. 무조건 못난 척하는 게, 무조건 상대 앞에서 자신을 낮추는 게 겸손은 아니란 말이야. 내가 상대방보다 많이 갖고 있으면서, 많이 알고 있으면서도 그 사람한테 예의를 갖추는 것, 그게 바로 겸손이야. 없는 척하고 모르는 척한다고 겸손이 되는 게 아니라니까.

물론 당신같이 좋은 사람이 자만심에 빠져서는 안 되지. 그건 안 좋은 거니까 빠지면 안 되는데, 이건 자만심이 아니야. 이건 자부심에 관한 이야기라니까.

사실 남들한테 자기를 조금 낮추는 것에서 끝나면 크게 문제될 건 없어. 그런데 말했다시피 이게 지나쳐서 비굴까지 가고, 자신에 대한 평가까지도 비굴하게 가는 거야. 그러면 당연히 자신에 대한 기대치도 낮아질 수밖에 없어. 나는 원래 그렇고 그런 사람이니까 행동도 그저 그렇게 하게 된단 말이지.

누가 무슨 잘못을 해서 그걸 지적해 줬는데, 그 사람이 '나 원래 그런 놈이요.' 이렇게 대답해 버리면 참 할 말 없지. 진짜 할 말이 없어서가 아니라 자신을 길가에 굴러다니는 개똥처럼 여기는 사람한테 무슨 이야기를 할 수 있겠어? 혹시라도 이런 이야기하는 사람이 주변에 있으면 오늘로 당장 끝내. 같이 있어 봐야 개똥만 묻으니까.

내가 인생 9단이 된 것도 누가 나를 그렇게 불렀을 때 '그거 괜찮네.' 하고 받아들였기 때문에 그렇게 된 거야. 처음에는 좀 민망했지만 말이야.

나 스스로 인생 9단이라고 생각을 하니까 행동을 할 때도 9단식으로 행동하게 되더란 말이지. 게으르거나 남 욕하고 싶은 마음이 생길 때 나는 인생 9단이니까, 하고 그 못된 마음을 누르는 거야. 그냥 누르는 것보다 훨씬 쉽지. 그렇다고 다 되는 건 아니야. 어쩌다가는 잘못 생각하고 행동할 때도 있지, 왜 없겠어. 그런데 그 뒤에 아, 내가 인생 9단이라는 내 별명에 어긋나는 짓을 했구나 하고 얼른 반성을 하고 고치려고 노력을 하는 거지. 기준이 있으니까 헤맬 필요도 없어.

이게 바로 자부심이야. 그리고 그 자부심은 '나를 귀하게 여기는 마음'에서 나오는 거고. 우리가 물건을 다룰 때도 그렇잖아. 내가 귀하게 여기는 물건이면 굉장히 소중하게 다뤄. 함부로 어디 놓지도 않고, 행여나 먼지가 앉을까 봐 잘 덮어두고, 수시로 닦고 말이야. 그런 것처럼 사람도 자신을 귀하게 여기면 생각도, 행동도 귀하게 되는 거야. 새치기를 하고 싶어도 나는 귀한 사람이니까, 정당하지 않은 방법을 쓰고 싶어도 나는 귀한 사람이니까, 하고 조절이 되는 거라. 자동으로 되지는 않겠지만 자신을 낮게 보는 사람보다 훨씬 적게 노력하고도 더 좋은 결과를 만들 수 있단 말이지.

그러니까 오늘부터 자신을 대단한 사람이라고 여겨봐. 쓸데없는 겸손 따위 집어치우고 나 스스로 대단한 사람이라고 주문을 거는 거야. 자기가 게으른 게 늘 불만인 사람은 자신을 부지런한 사람으로, 화를 자주 내는 게 불만인 사람은 자신을 너그러운 사람으로, 성격이 급한 사람은 느긋한 사람으로 생각해 보자고. 그걸 기준으로 삼고 생각하고 행동하란 말이지. 그렇게 되도록 노력을 해보잔 말이야.

돈이 드는 것도 아니고 시간을 많이 들여야 하는 것도 아니니까, 한번 시도해 봐. 딱 일주일만 해보면 뭔가 달라지고 있구나 하는 게 느껴질 테니까.

사람은 자기가 보는 자신의 모습대로

행동하기가 쉬워.

그게 좋은 모습이든, 나쁜 모습이든 말이야.

당신이 스스로를 귀하게 여기면

생각이나 행동도 자연스럽게 귀하게 되는 거야.

그리고 다른 사람도 당신을 귀하게 대접해 주고 말이야.

스스로를 천하게 여기는 사람을 누가 귀하게 대접해 주겠어.

팔자 바꾸고 싶다고?
생각부터 바꿔

내가 좋은 말씀 듣겠다고 절에 쫓아다닐 때 이야기인데, 스님들도 못 하는 일을 멋지게 해낸 일이 있어. 어때? 재미있겠지? 한번 들어볼 테야?

그 절이 도봉산 중턱에 있는 절인데, 거기서 큰 불상을 세우는 일을 하고 있었어. 완공일을 잡아 놓고 사람들한테 엽서도 500장이나 뿌려놓은 거야. 스님들이 직접 일을 못 하니까 업자들한테 맡겨놨는데, 인제 슬슬 날짜가 다가오니까 걱정이 되잖아. 그래, 가보니까 일이 전혀 진행이 안 되고 있는 거야. 만날 가서 보면 농땡이만 치고 있고.

사정 이야기를 듣고 보니까 사장이 절에서 받은 선금을 다른 데다 써버린 모양이야. 그러니까 인부들 월급이 제대로 나올 리가 없고, 돈을 못 받으니까 일이 짜증스러울 수밖에 없잖아. 이러니 스님들이 가서 닦달해 봐야 아무 소용이 없어. 짜증만 더 느는 거지.

그 이야기를 내가 어쩌다가 듣게 됐는데, 가만 생각해 보니 망신도 큰 망신을 당하게 생겼더라고. 그래, 뭐 내가 도움이 될 만한 게 있을까 하고 동대문 어디쯤 있는 그 공사장에 가봤어. 가보니까 참, 아니나 다를까 농땡이를 치고 있는 거라. 내가 들어가니까 이 인부들이 나를 '요렇게' 하고 쳐다보더라고. '만날 중들만 오다가 오늘은 웬 할머니 왔나.'하고. 내 아무 말도 안 하고 그냥 한 바퀴 돌고 나왔어.

그러고는 저녁때 닭하고 술을 좀 사 가지고 갔지. 가서 싸간 걸 척 펴놓으니까 사람들이 이상하게 쳐다보는 거야. 그도 그럴 것이 이게 그냥 공사야. 절에서 하는 공사잖아. 그런데 내가 고기하고 술을 갖고 왔으니 이상할 수밖에 없잖아. 사람들이 주저주저하더라고. 그래도 내가 자꾸 와서 먹으라고 하니까 나이가 좀 지긋한 인부들부터 오더니 다 둘러앉아서 먹기 시작하는 거야.

아, 한 가지 이야기해 둘 게 있는데, 내가 그 절에서 무슨 감투를 쓰고 있었냐면, 나는 그냥 평신도였어. 뭐, 그거 해가지고 복받을 생각도 없었고. 그 정도 했다고 복받으면 세상에 복 안 받을 놈 하나도 없게? 그냥 참 별난 할머니구나 생각하고 있어. 내 이야기들 찬찬히 듣다 보면 내가 왜 이런 짓을 하는지 알게 될 테니까.

술을 한 잔씩 먹고 하니까 이 사람들이 나한테다 대고 하소연을 하는 거야. 돈도 못 받고 있지, 스님들이라고는 만날 와가지고 쪼기나 하고 기껏 갖다준다는 게 떡이고. 그러니까 이 사람들이 스님들 있을 때는 아무 말 못해도 속으로 '떡 같은 건 너나 먹어라.' 한 거야.

사람들 이야기 쭉 듣고 나서 내가 말했지. 일단 여러분들이 날짜는 지켜야 한다. 그런데 그것은 어느 절에서 돈 받고 한다 생각하지 말고 내가 그 절에 시주한다 생각하고 한번 해봐라, 복 짓는 일이라 생각하고 한번 해봐라, 그랬지.

그러면서 내가 그 사람들한테 "이거 스님들한테는 절대로 말하지 마세요. 스님들이 알면 나 맞아 죽습니다." 그랬어.

그다음부터 날이 갈수록 이 사람들이 굉장히 활기가 찬 거야. 매일 저녁마다 스님들은 안 주는 고기니 술이니 사갖고 가서 독려를 하니까. 그러면서 내가 혹시나 들키면 어쩌나 하고 준비해 둔 멘트가 있었어.

"스님들 눈에는 이게 고기로 보이고 술로 보입니까? 내 눈에는 보약으로 보입니다. 고기 좀 먹고 술 좀 먹었다고 부처님이 불경해지기를 합니까, 어떻게 되기를 합니까? 젊은 사람들이 긴긴밤에 허기지는데 고기도 좀 먹고 해야 힘이 나지, 떡 그거 먹어가지고 힘이 나겠어요?"

요렇게 준비를 해놨는데 써먹지는 못했어. 들키기는 했는데 공사 끝나고 난 다음이었거든. 이전부터 알고 있었는지, 아니면 끝나고 나서 인부들이 이야기를 했는지 모르겠는데, 그냥 지나가는 말처럼 "보살님, 그러면 안 돼요." 이러더라고. 자꾸 따지면 준비한 멘트를 한번 쏴 주려고 그랬는데 한마디 툭 던지고 마는 바람에 못 했지.

내가 이런 이야기 하면 사람들이 '참, 할머니도 오지랖도 넓소. 생돈 들어서 매일 저녁마다 뭐 하는 짓이우?' 하고 농반진반으로 묻는데, 사실, 나 그때 참 재미있었어.

그 느릿느릿하고 풀 죽어 있던 사람들이 활기에 넘쳐 가지고 눈에 빛이 반짝반짝 나면서 빠릿빠릿하게 일하는 거, 그거 쉽게 하는 구경 아니거든. 당신도 그런 거 있으면 구경 한번 해봐. 옆에서 보는 것만 해도 신이 나고 기분이 좋아질 테니까.

공사 끝나고 나서 한 인부가 내 옆에 슬쩍 와서 하는 말이 이래.

"할머니가 절에 시주한다 생각하고, 복 짓는 일이라 생각하고 해보라고 한 말에 감동했어요. 그래서 흥이 나서 열심히 했어요. 다 할머니 덕분입니다."

내 말에 감동 받았다니까 기분은 참 좋데. 그런데 그 말 들을 때 내가 속으로 무슨 생각을 했는지 알아? 내 속으로 이런 말이 슬그머니 떠오르는 거야.

'야 이놈아, 감동은 무슨 감동이고 내 덕은 뭐가 내 덕이야. 너

희들 마음이 바뀌었으니까 그렇지.'

사실 내가 시주한다 생각하고 일하라고 한 게 무슨 특별한 이야기도 아니고, 고기니 술은 더더욱 아무것도 아니잖아. 어느 순간 자기들이 마음을 바꿔 먹으니까 일이 재미있어지는 거야. 요샛말로, 그러니까 좀 유식한 말로 마인드 변화를 확 일으킨 거야. 그러니까 정말 엄청난 힘이 나오는 거야. 슈퍼맨이고 무슨 맨이고 다 저리 가라야.

그 사람들 바뀌는 거 보고 내가 이런 생각을 했어. 인간이란 종이 참 요상하고 오묘하다고. 그 마인드란 놈이 뭔지, 생각하기에 따라서 한여름 겪어 논 배추이파리처럼 시들시들하다가도 조금만 바꿔 생각하면 갇혔다가 풀려난 잉어처럼 펄쩍펄쩍 뛰면서 하늘로 올라간단 말이야. 잉어가 하늘로 올라가면 뭐가 돼? 한마디로 용이 되는 거야.

사람 팔자가 정해져 있다고도 하고 잘 안 바뀐다고도 하는데, 마음먹기 따라서 확 바뀌기도 하는 게 또 사람 팔자야. 지금 당신 팔자가 마음에 들면 또 모르겠는데, 그렇지 않으면 생각부터 한번 바꿔봐. 그럼 팔자가 확 피고 돈도 왕창 벌지 누가 알아? 그리고 돈 많이 벌면 좋은 일도 좀 하고.

'생각 바꾸면 용 된다.' 항상 이 말을 생각하면서 살면 좋은 일 생기게 돼 있어.

이게 그냥 달걀로 보여?

생각을 바꿔봐.

이게 새알일 수도 있잖아.

달걀로 생각하면 그냥 프라이밖에 안 되지만

새알로 생각하면 새가 되는 거야.

당신 팔자도 이거랑 똑같아.

Part3

가족 사이
家族間 공식

시댁이 마냥 편하기만 할 거라고 기대하는 건
시금치에서 꿀맛이 나기를 바라는 거랑 똑같아.
시금치에는 그 나름의 맛이 있고
시댁도 그 나름의 불편함이 있는 거야.
당연한 건 빨리 받아들여.
시댁이 아니라 바로 당신을 위해서.

식모나 머슴 될
자신 없으면
결혼하지 마

내 나이 60에 주례를 한 번 선 적이 있어. 주례를 서달라고 해서. 하긴 주례 서주겠다고 먼저 나서는 사람이야 없겠지만, 부탁을 하니까 서주마 했는데, 지나고 나서 생각해 보니까 참 유별난 부탁이고 유별난 승낙이야. 이혼 경력이 붙은 할머니한테 주례를 부탁한 그 애들이나, 그렇다고 덥석 승낙한 나나 이상한 일이긴 하지.

어쨌거나 서준다고 했으니 주례사를 써야겠는데, 그냥 일반적인 주례사처럼 검은 머리 파뿌리 어쩌고 하는 말은 하기 싫더라고. 게다가 내가 실패를 했으니까 뭣 때문에 결혼 생활이 불행해지는지 알잖아. 그 부분을 꽉 짚어줘야 둘이 잘 살 거 아냐. 주례사

첫 말을 이렇게 시작했어.

"불이 나면 119가 와서 불을 꺼줍니다. 그런데 가만있어도 그 냥 꺼지는 불이 있습니다. 그것은 사랑의 불입니다."

내가 이렇게 말한 건 결혼의 실상을 알려 주고 싶어서였어. 죽 네 사네 부둥켜안고 다니고 잠시라도 못 보면 보고 싶어 못 살겠 다느니 해도 그게 얼마나 갈 것 같아? 세상에 유통기한 없는 게 없 어. 사랑이라고 별수 있나. 시간이 지나면 활활 타던 것도 어느새 돌아보면 재만 남아 있기 일쑤지.

그럼 그때부터 안 보이던 약점들이 슬슬 보이기 시작하는 거 야. 왜, 그런 말 자주 듣잖아. '내가 미쳤지, 저 인간 뭐가 좋다 고….' 딱 이렇게 되는 거야. 사실 그 약점이란 것도 연애할 때는 장점으로 보이던 것들인데도 말이야. 사람 마음이 이렇게 요사스 러워.

이런 말 하면 '우린 안 그럴 거예요. 우린 영원히 서로 사랑할 거예요.'라고 하는 사람들 꼭 있어. 그런데 결혼할 때 그런 말 안 하는 사람 몇이나 돼? 그리고 결혼하고 나서도 연애할 때 감정 그 대로 갖고 있는 사람 몇이나 돼? 주변에서 혹시 본 사람 있어? 이 런 사람들은 굉장히 희귀해. 드물단 말이야.

그러니 살아보지도 않은 날 갖고 너무 자신만만하게 큰소리치 지 말고 잘 들어봐.

내가 그 좋은 날, 모든 사람이 축복만 하러 온 날에 그것도 주례라는 사람이 너희들 사랑 얼마 안 가 꺼진다는 말을 왜 했겠어?

활활 타는 것도 사랑이고, 타고 난 다음에 남아 있는 숯불도 사랑이야. 나는 그 숯불이 진짜 사랑이라고 생각해. 활활 타는 거야 누가 못해? 다 하잖아. 문제는 그다음이야. 그 사랑을 오래오래 해야 그게 진짜 사랑이지.

그런데 오래오래 사랑하는 게 공짜로 되는 건 아니거든. 다 미리미리 준비해야 하는 거라고. 불 꺼지고 나서 캄캄한 데서 더듬거리며 뭐 찾으려고 해봐야 이마 깨기만 좋지. 촛불을 켜든지 아니면 모터를 돌려서 알전구라도 켜든지, 미리 준비를 해 놔야 위기의 순간에 써먹을 수 있는 거잖아.

자, 그럼 뭘 준비해야 할까? 돈을 준비하겠어, 아니면 차를 준비하겠어? 마음을 준비해야지. 어떤 마음이냐 하면 남자는 머슴이 될 마음, 여자는 식모가 될 마음을 준비해야 해.

머슴이 하는 일이 뭐야? 어떡하든 부지런히 농사지어서 한 톨이라도 더 거둬서 창고에 쟁여 넣어야 하는 게 머슴이야. 지붕에 구멍은 안 뚫렸나, 농사지을 연장들이 휘지는 않았나, 늘 살피는 거야. 밤중에 식구들 다 들어온 것을 확인하고 대문을 걸어 잠그는 것도, 집안에 아픈 사람이 생기면 업고 병원으로 달려가는 것도, 손님이 찾아오면 제일 먼저 달려 나가 맞이하는 것도 다 머슴의 몫이지. 말하자면 집안의 파수꾼 같은 거야.

머슴 노릇 제대로 하기 힘든 것처럼 식모 노릇 제대로 하기도 힘들어. 어떤 사람들은 '여자는 남자의 영혼입네,' 하고 휜소리하는데, 남의 영혼 되는 거 쉬운 게 아니야. 그런 말 하는 사람일수록 더 열심히 자기 몫을 해야 하는 거야.

그럼 식모의 몫은 뭘까? 머슴이 든든하게 기반을 다져 놓으면 그 위에 평화와 부드러움의 숨결을 불어 넣는 게 식모의 일이야.

남자는 머슴 될 마음 없으면 결혼하지 마. 그리고 여자는 식모 될 마음 없으면 결혼하지 마. 요새는 뭔 놈의 공주, 왕자가 그렇게 많은지. 돈이 많건 적건, 외모가 잘났건 못났건 전부 다 자기가 공주고 왕자래. 이게 자부심이라면 참 좋을 텐데, 그게 아니거든. 정말로 자신을 존중하는 사람은 겸손하고 남 생각도 할 줄 알아. 그런데 공주병 왕자병에 걸린 것들은 저 편한 것, 저 좋은 것만 찾아. 탐나는 건 뭐든지 가져야 하고. 자기는 손가락 하나 까딱 않고 모든 걸 남이 맞춰주기를 바라.

왜 이 이야기를 하냐 하면, 왕자하고 공주는 머슴이나 식모가 될 수 없거든. 마음이 온통 왕자, 공주인 사람들이 어떻게 머슴이나 식모가 될 수 있겠어. 그런 사람들은 불꽃이 꺼지고 나면 싸움질밖에 할 일이 없는 거야. 서로 숯 검댕이 묻혀 가면서 말이야. 둘이 싸울 수밖에 없는 게, 현실은 공주와 왕자가 살 수 없는 상황인데 모두가 공주와 왕자가 되려고 하니 안 싸울 재주가 있나.

동화에서 '그래서 공주는 왕자를 만나 행복하게 살았습니다.' 그러는데, 이거 뻥인 거 다 알잖아. 알면서 왜들 그러는지 모르겠어. 내 말 무슨 뜻인지 알겠지? 남자는 머슴, 여자는 식모. 그러면 잘 산다고 내가 보장해.

지금 내 말 듣고 있는 여자들 중에는 밖에서 돈을 버는 사람도 있을 거야. 그런 사람들 십중팔구는 식모는 무슨, 나는 머슴도 하고 식모도 한다, 그럴 거야. 맞는 말이야. 사실 맞벌이하는 부부들한테는 써먹을 수 없는 말이지.

그래서 내가 다시 주례를 서는 일이 있으면 어떻게 주례사를 할까 생각해 본 게 있는데 말이야, 이 주례사 마음에 들면 막걸리 한 병 사 들고 와서 잘 꼬셔봐. 공짜로 서줄 수도 있으니까. 진짜 주례를 서면 좀 더 점잖은 말로 바꿔야겠지만 우선 우리 둘만 있으니까 요점만 편하게 이야기하는 거야.

결혼이라는 건 일단 사각 링 속에 올라가는 거야. 그러면 일단 거기 들어간 사람은 적어도 그 법칙을 지켜야 해. 프로레슬링하는 링이 아니라 복싱하는 링이야. 프로레슬링에서야 약간의 반칙이 애교로 통하지만 복싱은 아니거든. 그러니까 일단 결혼하겠다고 마음먹은 사람은 링의 규칙을 지켜야 하는 거야. 지키기 싫으면 아예 올라가지를 말아야 하고. 저쪽은 팬티만 입고 싸우는데 이쪽은 드레스 입겠다고 하고, 한쪽은 장갑을 끼는데 이쪽에서는 장갑 벗겠다고 난리 치면 안 되는 거잖아. 규칙은 많아. 시댁에 대한 규칙, 처가에 대한 규칙, 집안일, 자녀 교육까지 아주 많지. 그러니까 일단 결혼한다는 건 이런 규칙을 받아들이는 걸 전제로 한다 이 말이야. 그러니까 결혼하는 두 사람은 합의해서 규칙을 만들고, 그 규칙을 잘 지켜야 한다, 이게 내가 새로 쓴 주례사 요점이야.

어때? 또 주례 서도 되겠어?

결혼은 현실이라는 말이 맞는 거야.
경제뿐만 아니라 사랑도 현실적으로 변해야 하는 거지.
결혼할 때 화려한 옷 입잖아.
이걸 앞으로 화려한 날이 펼쳐질 거라는 뜻이 아니라
마지막으로 공주 옷, 왕자 옷 입어보고
공주 마음, 왕자 마음을 벗어버리라는 뜻으로 생각해.

결혼할 때는
한 가지 주제만
생각해

얼마 전에 신문을 보니까 이상한 법이 제정될지도 모른다고 하더라고. 당신도 봤어? 그 이혼유예제도라는 거. 둘이 합의해도 몇 개월 동안 생각할 시간을 주는 거라고 하더군. 강제로 주는 거지만 말이야. 특이한 발상이긴 한데, 오죽했으면 그런 법까지 등장했을까 하는 생각이 들더라고.

우리나라 이혼율이 굉장히 높잖아. 지금 3위인가 그렇다는데, 이대로 가면 1등 먹겠더라고. 다른 건 몰라도 이런 건 1등 해봐야 별로 좋을 거 없잖아.

그렇다고 내가 이혼 자체를 반대하거나 이혼한 사람들을 무슨 죄인처럼 취급할 생각은 손톱만큼도 없어. 설마 내가 이혼을 했는데 그런 생각을 하겠어? 안 그래? 도저히 못 살겠으면 이혼하는 게 나아. 같이 사는 것보다 이혼하는 게 더 행복하겠으면 당연히 그렇게 해야지. 길지도 않은 인생, 한 번 왔다가 가는 인생인데 행복해야 좋지 불행하면 되겠어?

그런데 이혼이라는 게 말이 쉽지 참 힘든 거야. 이혼 도장 찍고 각자 남으로 돌아가는 게 속은 시원할지 몰라도 기분은 영 말이 아니거든. 오죽 힘들었으면 그 지경까지 왔겠냐고. 그 결심하기까지 얼마나 속을 끓였겠냐고.

그러니까 결혼할 때 잘 생각해야 한단 말이야. 아무리 눈에 콩깍지가 씌워서 뵈는 게 없다고 해도 생각할 건 생각하고 결혼을 해야 해. 그럼 뭘 생각해야 하느냐 하면 내가 왜 결혼을 하는가? 내 결혼의 주제는 뭔가? 이걸 생각해야 하는 거야.

결혼이 무슨 글짓기도 아니고 웬 주제냐고? 그래, 글짓기도 그렇고 말하는 것도 그래. 주제가 있어야 글이든 말이든 재미가 있잖아. 주제가 없으면 매가리 없이 질질 늘어지기나 하지. 또 주제가 없는 것도 문제지만 너무 많아도 여간 곤란한 문제가 아니야. 이건 당최 무슨 말을 하는 건지 알 수가 없어. 그게 욕심이 많아서 그런 거야. 이 말 저 말 다 하려고 하다보니까 말 안 하니만 못하게 된단 말이지.

결혼도 마찬가지야. 주제를 하나만 갖고 결혼을 하란 말이야. 주제 없이 그냥 나이가 찼으니까, 집안의 강요에 어쩔 수 없이 결혼하는 것도 천하에 없는 멍청이 짓이지만 주제를 한 보따리 갖고 가는 것도 똑똑한 처녀 총각이 할 짓은 아니야.

사랑이면 사랑, 돈이면 돈, 자식이면 자식, 딱 하나만 생각하라는 거야. 저 사람이 정말 좋아, 저 사람이 나를 죽도록 괴롭게 해도 한 집에 사는 걸로 좋아, 그러면 그것만 갖고 가는 거야. 결정적인 것만, 내가 진짜 원하는 것 하나만 지켜지면 계속 가는 거야. 직장생활하기도 힘들고 집에서 살림하면서 살고 싶다, 그래서 남자 만나서 결혼했으면 그것만 지켜지면 되는 거야. 왜 이것저것 자꾸 욕심 내냐고! 자꾸 욕심내니까 불만이 생기고 불만이 쌓이니까 싸우게 되는 거잖아.

그럼 할머니는 왜 이혼했어요? 할머니도 욕심내다가 헤어졌어요? 이렇게 물을 수 있는데, 나는 욕심 안 냈어. 사람 하나 보고 갔는데, 내 기대와 너무 달라서 실망이 컸지. 내 결혼의 주제가 사람이었는데, 그게 깨져버린 거야. 그래도 금방 안 헤어지고 20년 넘게 같이 산 건 마음속으로 '아니야, 저 사람이 말은 저렇게 해도 속마음은 안 그럴 거야.' 하고 끊임없이 나를 달랬기 때문이야. 하지만 결국 사이를 좁히지 못했어. 내 시나리오에 내가 넘어간 거지.

그럼 한숨 돌리는 뜻에서 다른 이야기 좀 해볼까? 사실 이거 내 자랑이라서 말하긴 좀 뭣하지만 나이 많은 사람이 자기 자랑 좀 한다고 해서 크게 흉 될 것도 없고, 또 다 당신 좋으라고 하는 이야기니까 너무 색안경 끼고 듣지 마.

내가 서울구치소에서 교화위원으로 활동한 지 얼마 안 됐을 때야. 그때 다들 '내가 많은 봉사를 하고 싶습니다, 내가 열심히 해보겠습니다.' 하면서 기도를 하더라고. 기도하면서 보따리를 풀어놓는데 이것저것 참 많아.

그때 내 보따리가 제일 작았어. 나는 그랬거든. '딱 한 사람만이라도 내 말이 희망의 메시지가 된다면 나는 그걸로 만족하겠습니다.' 그랬는데 나중에 보니까 내가 제일 많이 활동을 했어. 정작 보따리가 제일 작던 내가 가장 많은 일을 한 거야. 나는 처음부터 거대한 타이틀 이런 거 없는 사람이야. 지금도 그렇고.

한숨 돌렸으니까 다시 결혼 이야기해 보자. 우리가 결혼하는 이유라는 게 따지고 보면 참 간단해. 지금보다 조금이라도 더 행복해지려고 하는 거잖아. 불행해지려고 결혼하는 사람 봤어? 그런데 말이야. 이것저것 많은 바람 갖고 가는 것보다 보따리 하나 달랑 들고 가는 게 훨씬 더 행복해지기 수월하단 말이야.

우리가 식당에 밥 먹으러 갈 때도 그렇잖아. 음식 맛보고 갔으면 음식만 맛있으면 됐지, 거기서 분위기가 어쩌네 저쩌네 하고 비싸네 어쩌네 하면 소화가 제대로 되겠어? 물론 맛도 좋고 분위기도 좋고 값도 싼 식당이 어딘가에 있긴 있겠지. 꼭 그런 식당에서 밥을 먹어야겠다면 그렇게 해. 그런데 그런 곳은 드물어서 굉장히 찾기가 힘들 거야. 어쩌면 영영 못 찾을 수도 있고, 찾았다고 해도 자리가 없을 수도 있어.

그렇다고, 찾기 힘들다고 다른 식당에는 가지 마. 불만이 생길 테니까. 다른 식당에 가려거든 몇 가지를 포기해야지. 값이든, 맛이든, 분위기든.

식당에 가든 결혼을 하든 한 가지 주제만 갖고 가자. 그러면 식사가 즐거워지고 결혼이 즐거워진다, 알겠지?

어디 길을 갈 때도 보따리가 무거우면
얼마 못 가서 지치기 마련이잖아.
결혼이 무슨 행복의 묘약도 아닌데
이 짐, 저 짐 한 보따리 갖고 가봐야
그야말로 짐만 되는 거라.
단출하게 딱 필요한 거 하나만 싸서 가면
몸도 가볍게 마음도 가볍게
행복으로 가는 거야.

우리 모두 '정情 관리사'가 되어야 해

'한 많은 이 세상 야속한 님아, 정을 두고 몸만 가니 눈물이 나네.'

이 노래 알지? 한오백년. 이런 민요 말고도 유행가에서 정이라는 말 많이 쓰잖아. 그러고 보면 참 이 정이란 놈이 무서운 놈이야. 지지고 볶고 싸우는 부부도 '그놈의 정 때문에 너랑 산다.'고 그러잖아. 그래, 요번 주제는 정이야.

먼저 내가 상담한 사람 이야기부터 들어봐. 이 여자가 참 착한 여자야. 왜 착하냐 하면, 이혼을 하고 오갈 데가 없는 여자를 자기 집에 데리고 온 거야. 보기 딱하니까, 우선에 갈 곳이 없으니까 데리고 왔겠지. 그렇게 하기가 쉬운 일은 아닌데 다행히 남편도 동정하는 마음이 들었던지 받아들여 줬어. 문제는 그다음부턴데, 이제 하루하루 같이 지내다 보니까 남편하고도 조금씩 친해질 거 아냐.

아, 그런데 남자가 자꾸 이런저런 이야기를 하다 보니까 아내보다 이 여자랑 더 필링이 통하는 거라. 그래그래 하다가 결국은 둘이 바람이란 걸 피우게 됐고, 이혼 지경까지 가게 된 거야. 이 여자는 환장할 노릇이지. 남편도 그렇고, 특히 그 여자한테는 그럴수 없는 배신을 당한 거야.

그런데 그 배신을 한 놈들은 한 거고 그 소지는 누가 줬느냐, 그 말이야. 한집에 살면 안 되는 거야. 남 탓하기 전에 미끼를 준 거잖아. 이 여자도 그러더라고. 지나놓고 보니까 잘못했다고.

정이라는 게 절대 예고 없이 오고 가는 거야. 이것은 전혀 교양있거나 그러지 않아. 아주 무차별하게 가버리고 오고 그러는 거라고. 사람들은 거기다가 무슨 도덕적인 잣대를 갖고 말하더라고. 그러면 안 된다고. 그러면 안 되는 거, 가고 있는 사람은 몰라? 아는 거야. 알면서도 가는 거라고. 무차별하게 가는 놈을 갖고 이러면 안 되고 저러면 안 되고 그런 말 해봐야 소용없다니까. 밤새 그러면 안 된다고 고함 질러봐. 간 놈이 돌아오나 안 오나.

그래서 우리가 그것을 관리해 주는 관리사가 되어야 하는 거야. 이 여자는 말하자면 관리에 실패를 한 거야. 내가 아까 집에 데리고 온 것 자체가 문제의 소지를 준 거라고 말했잖아. 그런데 좀 더 깊숙이 들어가 보면, 집에 데리고 온 게 계기가 됐을 뿐이지 결정적인 원인은 아닌 것 같기도 해.

무슨 말이냐 하면, 이 여자가 평소 남편과 정을 잘 관리했다면, 남편에게 항상 관심을 가지고 있었다면 이런 일이 일어났겠어? 부부가 매일 한 이불 속에서 자면서 관심만 있으면 저 사람이 지금 무슨 생각을 하고 있는지 알 수가 있어. 그런데 그 지경까지 가도록 몰랐다는 건 관심이 없었다는 이야기거든.

정이라는 건 무관심하게 버려뒀을 때 놔버린 화살이야. 그러니까 정이라는 것을 그렇게 교양 있게 보지 마라, 그 말이야. 정과 사랑은 무차별한 것이다, 무식하고 교양도 없고, 흘러가는 대로 가는 거다, 이 말이야. 하나의 빛이라니까.

그럼 어떻게 하면 일급 정 관리사가 되는 거냐. 나는 '방목'을 할 수 있어야 한다고 생각해. 어디든지 마음껏 가게 풀어주는 거야.

'이 할머니가 웬 횡설수설이야. 조금 전에 관심을 가지라고 해놓고 이제 와선 또 방목을 하라니.'

이렇게 생각하고 있지? 어때? 당신 마음속을 내가 빤히 들여다보고 있지? 그러니까 나이 많은 사람이 이야기할 때는 금방금방 따지지 말고 끝까지 들어봐야 하는 거야. 좀 횡설수설이고 산만하다 싶어도 거기서 알밤 같은 삶의 지혜를 얻을 수 있단 말이야.

방목이 뭐야? 우리에서 키우는 게 아니라 들판에 내놓고 키우는 거야. 우리에서만 기르다가 들판에 나간 양은 길을 잃어버리지. 그런데 들판에서 키운 놈은 절대 길을 잃지 않아. 저녁때가 되면 지가 알아서 들어오는 거야.

그래서 방목했는데, 영 돌아오지 않으면 어떻게 하냐고? 그래, 맞아. 좋은 질문이야. 이런 질문을 해줘야 내가 진짜 하고 싶은 말을 하기가 쉬워지지.

요점은 뭐냐 하면, 스스로 무게를 만들어야 한다는 거야. 결혼할 때는 평생 한 여자만 보고 살 것 같지만 남자라는 속물은 언제든지 새 것을 향해 눈이 돌아가게 되어 있다고 그랬어. 그렇다면 어느 날, 어디로 눈을 돌려도 내 마누라만 못하네 하는 결론이 나오게 해야 하는 거야. 잠깐잠깐 지나가다가 쭉쭉빵빵한 아가씨들한테 눈 돌아가는 거야 어쩔 수 없는 거잖아. 그러니까 눈이 돌아가도 잠시뿐이고, 다시 돌아오게 만들어야 하는데, 어떻게 된 게 자기 무게를 만들 생각은 않고 그놈의 눈이 어디로 가는 것만 걱정하는 거야.

친구도 그렇잖아. 여럿이 만나보니까 나는 그 친구만큼 좋은 친구가 없더라, 하면 당연히 그쪽으로 쏠리게 돼 있다고. 음식점도 여기저기 돌아다니다가 이 집만큼 맛있는 데가 없더라 하면 그 집을 찾게 되어 있는 거야. 몇 집 걸쳐서 왔다고 그놈의 식당들을 다 때려 부술 일이 뭐가 있냐, 그 말이야. 그놈이 돌아돌아 왔기 때문에 여기를 온 거야. 그러니까 방목을 해도 돌아오게 하려면 어떻게 해야 되느냐?

야, 나는 우리 남편 같은 매너는 못 봤어. 우리 남편은 정말로…. 이렇게 감동스런 것을 자꾸 만들어 주면 백날을 풀어놔도 딴 데 안 가. 그렇게 하고 자유스럽게 살아야지.

그러고 자기 관리를 잘하고 자기 경영을 잘하는 사람들은 풀어놓기를 원해. 보고 오라고 현장 학습을 보내는 거야. 한 달에 한 번이고 여자들이 가장 예민해지는 시기, 계절이 바뀌는 시기, 가을에서 겨울로 가는 시기라든지, 뭐, 꽃이 스스로 필 때 감춰 논 돈, 금일봉을 탁 놓고 '여보시오, 당신 이놈 갖고 당신이 가고 싶은 데 2박 3일이고 3박 4일이고 혼자 여행 한 번 갔다 오시오.' 해봐. 혼자 풀어주라니까? 여자들에게도 혼자 있는 시간을 줘 보라 그 말이야.

동창회 같은 데도 보내. 가서 이 친구 저 친구 이야기 들어봐도 내 남편이 최고다, 이런 생각이 들게 하란 말이야.

여자들도 그래. 남자가 혼자 한 번 여행을 가서 바닷가에 가 있어 보고, 산에 가서 있어 보고 그러면 '아이고, 집에서 그냥 잔소리만 하고 밤낮 나를 괴롭게 해서 그것이 최고의 고통인 줄 알았더니, 그것이 바로 행복이었네.' 하고 돌아온다 그 말이야. 여행은 돌아오라고 보내는 것이지 가라고 보내는 게 아니야.

내가 14년 된 차를 그렇게 깨끗하게 하고 다니니까 남자들이 보면서 존경한다고 그러거든. 그것은 내가 앉으나 서나 관리를 잘했기 때문에 그런 거야. 이런 말 들으면 내가 그 남자들한테 이렇게 말해.

"너도, 야 이놈아 집에 가서 마누라 관리 좀 잘해 봐. 14년이나된 차가 어저께 나온 차마냥 깨끗하다며? 사람도 관리를 잘해야돼. 네 마누라 관리 잘하고 있냐?"

내가 혼자 우뚝 서서 무게 중심을 잡고, 그리고 상대방한테 끊임없이 관심을 보이면 정이란 놈은 어디 안 가. 가라고 해도 안 가.

파릇파릇하고 생생하다 싶다가도
한순간에 시들어버리는 게
정이라는 놈이야.
벌써 시들어버린 놈 붙들고
원망해 봐야 아무 소용없는 일이야.
그러지 않으려면 미리미리 관리를 잘해야 하는 거야.

최고의 유산은
부모의 행복이야

'아빠, 힘내세요. 우리가 있잖아요.'

무슨 카드 회사 광고에서 나왔던 말인데 다 알지? 이거 유행했잖아. 이 광고 보고 가슴 뭉클해가지고는 '그래, 더 열심히 일해야지.'라고 한 아빠들 많다고 하더라. 그런데 '아빠, 힘내세요.'라는 말이 사실은 '아빠, 돈 버세요.'라는 뜻이라는 우스갯소리가 나왔잖아. 그 말이 딱 정답이야. 아빠가 힘을 내가지고 돈을 많이 벌어와야 된다, 그거잖아.

애 키워 본 사람들은 다 알겠지만 그 예쁜 것들이 춤까지 춰가면서 '아빠, 아빠' 하면 세상에 그것만큼 좋은 것도 없지. 가슴이 뿌듯하면서 기분도 좋고 '아, 이게 행복이구나.' 하는 아빠들도 있을 거야. 여기까지는 좋아. 나무랄 데 없이 좋은데, 그다음이 문제야.

그다음에 속으로 무슨 생각을 하냐 하면, '그래, 내가 아무리 힘들어도 열심히 일하자. 저 애들 뒷바라지 잘 해서 나처럼 힘들게 살지 않게 하자.' 이렇게 흘러가는 거야. 부모가 자식 뒷바라지 하는 거야 누가 뭐라고 그래! 내 말은 도가 지나치다, 그 말이지.

온갖 학원에다 과외에다, 그러다가 몇 년 전부터는 조기유학이 유행을 하고 있잖아. 그래서 생긴 말이 기러기 아빠라는 거고. 이할머니는 혹시라도 주변에 누가 조기유학 보낼까 생각하는 사람 있으면 당장 쫓아가서 말리려고 해. 기러기 아빠? 그거 말이 쉽지, 그게 어디 사람이 할 짓이야? 밖에서 힘들게 일하고 들어오면 반겨주는 사람이 있어야지. 뻔히 아내 있고 자식 있는 사람이 캄캄하고 싸늘한 집에 혼자 들어가는 거, 그거 못할 짓이거든.

사람이 독한 것 같아도 굉장히 약한 존재라서 매일매일 충전을 받아야 사는 거야. 저녁에 가정으로 돌아와서 아내 얼굴 보면서, 아이들 얼굴 보면서 다시 힘을 얻고, 그래서 그 힘으로 다시 일하고 그러는 건데, 그게 안 되니까 사람 에너지가 다 방전이 된단 말이야.

얼마 전에도 자살한 기러기 아빠 있었잖아. 자살은 안 해도 또 외국에 간 아내는 아내대로, 또 남편은 남편대로 바람을 피우는 일도 많다고 하더라고. 외로워서 그런 걸 어떻게 그 사람 탓만 할 수 있겠어? 다들 도 닦는 수행자도 아니고 말이야.

그런 거는 극단적인 예라고? 보통은 안 그런다고? 맞아. 맞는 말이야. 조기유학 보낸 사람들이 전부 다 이런 문제 일으키면 아무도 안 보내겠지. 그렇다면 보내도 상관없는 거 아니냐고? 이 사람아, 조금만 더 깊이 생각해 봐.

열 명이 다 같이 운동장 스무 바퀴를 돌았다고 쳐. 이 중에서 한 명은 체력이 약해서 열한 바퀴밖에 못 돌고 쓰러졌어. 나머지 아홉 명은 다 돌았단 말이야. 그 아홉은 안 힘들어? 체력이 좋아서 스무 바퀴 다 돈 사람도 숨길이 가쁘고 땀이 난단 말이야. 힘들단 말이야. 무슨 말인지 알겠어?

아내하고 자식하고 외국 보내 놓고 열심히 돈 벌어서 뒷바라지 잘하는 남편도 숨이 가쁘고, 외국에서 남편 없이 지내는 아내도 땀이 난단 말이야. 하루 이틀도 아니고 몇 년 내내 땀이 나고 숨이 가쁜데 행복할 수 있겠어? 바로 이게 문제라 말이야. 부모가 행복할 수 없다는 것.

'아이들만 잘 될 수 있으면 우리는 상관없어요.'

이쯤 되면 요렇게 이야기하는 사람들 꼭 있어. 언뜻 들으면 참 기특한 말인 것 같은데, 그거 굉장히 미련한 생각이야. 부모가 행복하지 않은데 어떻게 자식이 행복할 수 있겠어? 부모가 늘 힘들고 지쳐 있는데 어떻게 그 아이가 웃고 있을 수 있겠냐고. 거기다가 아빠하고 떨어져 있는 아이도 정서적인 면에서 구멍이 생기는 거야. 이 정서라는 게 한 번 구멍이 나면 평생을 갖고 가야 하는 거야.

왜 그렇게들 자식 교육에 목을 매는지, 처음으로 돌아가서 한 번 생각해 봐. 외국어 실력이니 좋은 직장이니 해도 결국은 내 자식 행복하라고 그러는 거잖아.

어릴 때 미국으로 이민 갔다가 25살에 로스쿨을 졸업하고 한국에 잠깐 봉사활동 하러 나온 젊은이가 있어. 그 친구는 아이들 조기유학 보내는 것을 결사반대하더라고. 정확하게 말하면 어릴 때 아버지하고 떨어져서 지내는 것에 반대하는 거였어.

자기 아버지가 야채 가게를 했는데, 그 일을 도우면서 아버지에게 정신적으로 배운 게 너무 많다는 거야. 모두들 부러워하는 명문학교를 나왔지만, 거기서도 배우지 못한 인생의 지혜를 야채 가게 하는 아버지에게 배웠다는 거야. 자라면서 그런 경험을 해야 할 시기가 반드시 있고, 그 시기를 놓치면 안 된다는 거야. 그건 인생에서 아주 중요한 체험이고, 그런 체험이 있는 사람과 그렇지 않은 사람의 인생은 너무도 다르다는 게 그 친구 생각이었어. 미국의 명문학교 나오는 것보다 그게 더 가치 있다고 생각한대. 이 할머니는 그 청년 생각에 박수를 보냈어.

생각을 조금만 바꿔봐. 어차피 한 번뿐인 인생이잖아. 뼛골빠져 가면서 자식한테 올인하는 게 정말 잘 사는 일일까? 인생을 가치 있게 살 수 있는 방법이 많은데, 자식한테 올인하는 일이 전부일까? 나는 아니라고 생각해.

　나 역시 이혼하고 두 자식을 힘들게 공부 시켰어. 하지만 아이들에게 올인하진 않았어. 그저 부모로서 최선을 다했을 뿐이지. 만약에 자식에게 올인하는 길을 택했다면, 나는 사형수 상담이나 봉사활동 같은 것, 내 인생에서 소중하게 생각하는 것들은 꿈도 꾸지 못했겠지. 그런 거 할 시간이 어디 있어? 한 푼이라도 더 벌어서 아이들 유학 보내야지. 그런데 우리 두 딸들은 유학 안 갔다와도 자기 인생 열심히 살고 있어.

　한 가지 분명한 건 내가 아이들한테 올인하는 부모였다면 지금처럼 당당하고 행복한 할머니로 늙지 못했을 거야.

　심리상담을 하다보니까 간혹 부유층 사람들도 만날 기회가 있어. 그런데 그들을 만나면서 보니까 돈이 많다고 행복이 따라서 커지는 건 아니더란 말이지. 어릴 때 뭔가 결핍된 게 있으니까 돈이 많아도 채워지지가 않는 거야. 내가 상담한 부유층 사람 중에도 우울증을 앓는 사람들이 꽤 있었어.

　그래도 돈이 많아야 어쩌고 하면서 괜히 따질 생각하지 마. 돈이 너무 없으면 당연히 행복하기 힘들지. 무슨 이야기하려는지 뻔히 알면서 따지는 것도 안 좋은 버릇이야.

　부모가 돈이 많아서 나중에 다 물려줄 거고, 온갖 좋다는 건 다 해주고 유학까지 보내주는 게 행복의 지름길이라면 박한상 같은 놈이 왜 나왔겠어? 그렇게 애지중지 키웠는데 왜 자기 부모 죽이는 놈이 나왔겠냐고?

부모들이 행복하면 아이들 인생도 행복할 수밖에 없어. 그러니 자신들이 행복하게 사는 모습을 어떻게 자녀들에게 보여줄까 그 궁리나 해. 그게 조기유학 보내는 것보다 훨씬 아이들을 훌륭하게 키우는 방법이야. 아이들이 '우리 부모님 참 괜찮은 사람들이야.' 하는 생각을 할 수 있다면 이미 얘기는 끝난 거야. 세상에서 가장 성공한 부모가 되는 거지.

자식이 정말로 행복하기를 원한다면
통장의 잔고가 아니라 행복을 물려주는 게 좋아.
부모들이 행복하면 아이들 인생도 행복할 수밖에 없어.
그러니 자신들이 행복하게 사는 모습을
어떻게 자녀들에게 보여줄까 그 궁리나 해.

시금치가
맛있길 바라지 마

'시금치? 보기만 해도 신물이 난다.'

이런 이야기 들어 봤어? 시집 간 사람들은 다 알걸. 못 들어봤어도 설명을 해주면 '아!' 하고 씁쓰름하게 한 번 웃을 거야. 요놈의 시금치가 왜 문제가 되냐면 '시'자, 그러니까 '시댁' 할 때 '시'자가 들어가서 그렇단 말이지. 채소고 뭐고 간에 아무튼 '시'자 들어간 거는 다 싫다는 이야기야.

그냥 재미있기만 한 이야기면 '허허' 하고 넘어가겠는데, 내 남할 것 없이 시집하고 얽힌 사연이 차고 넘치니까 그럴 수가 없어. 혹시라도 내가 '별일 아니니까 다른 이야기 합시다.' 하면 팔 걷어붙이고 달려오는 아줌마들 많을 거야. 왜 안 그렇겠어. 우물로 치자면 대한민국 사람 다 먹이고도 남을 만큼 사연도 많고 서러움도 깊은데 말이야.

사실 이번 이야기는 여자들도 들어야 되지만 남자들도 꼭 들어야 할 이야기야. 그놈들 큰소리만 칠 줄 알았지 뭐 이런 속 깊은 거 알기나 해야 말이지. 그러니까 잘 읽어 뒀다가 남편 있는 여성 독자들은 저녁에 남편 들어오면 손 꼭 잡고 이야기해 줘.

어떤 집안은 시아버지나 시동생, 시누이가 한가락 하는 바람에 애를 먹기도 한다던데, 그래도 역시 시집살이라고 하면 시어머니가 단연 백미지. 안 그래? 그럼 우리 속 시원하게 시어머니들 흉 좀 볼까. 요 시어머니 흉보는 재미가 여간 쏠쏠하지 않잖아. 석 달 열흘 방 잡아 놓고 해도 할 말이 남는 게 시어머니 욕이고 시댁 욕이거든.

그전에 미리 말해둘 게 있는데, 나는 사위만 있고 며느리는 없어. 그래서 내가 시어머니들 욕하면 어떤 할머니들은 '며느리 있어봐라, 그게 쉬운가.' 하겠지만 그러거나 말거나 할 말은 좀 해야겠단 말이야. 시어머니도 안 되어 본 사람이 시어머니 욕하는 게 잘못된 거면 대통령 욕하려면 대통령 돼봐야 하는 거야? 나도 시집살이 하면 징글징글하게 한 사람이라 젊은 사람들 마음고생하는 거 다 알지.

내가 시어머니가 된 내 친구들한테 잔소리를 좀 해. 시어머니 노릇 잘 좀 하라고. 네가 옛날에 당했다고 그걸 또 똑같이 며느리한테 해야겠냐고 말하지. 사실 그렇잖아. 시집을 간다는 거, 그래서 그 집 사람이 된다는 거 보통 어려운 일이 아니거든.

우리가 나무를 옮겨 심을 때도 그렇잖아. 묘목이야 금방금방 새 땅에 적응을 하지만 나이가 많은 나무일수록 적응하는 데 오래 걸리는 법이거든. 시집가는 것도 비슷한 거라.

한 30년 같은 땅, 같은 기후에서 살다가 하루아침에 다른 땅, 다른 기후로 가는 거란 말이야. 그러니 얼마나 힘들어. 그것만 해도 죽을 지경인데, '너는 이 집에 시집 왔으니까 지금부터 우리 집 법도를 따라라.' 이런단 말이야. 나무도 새 땅에 적응하려면 3년은 걸린다는데 하물며 사람인데, 30년이나 다른 땅에서 살았는데 그게 무슨 입었다 벗었다 할 수 있는 옷도 아니고 말이야.

시어머니들이 며느리가 적응될 때까지 기다려 줘야 하는 거야. 그래도 안 되면 며느리 친정에 있는 흙이라도 파서 날라야지. 적응하게 도와 줘야지.

예를 들면 전 부치는 게 있어. 안 배워도 척척 하는 사람이 있는가 하면 배워도 못하는 사람들이 있어. 그럼 '우리 며느리는 전 부치는 데는 소질이 없나보네.' 하고 자기가 부치면 되는 거야. 그걸 가지고 '너는 시집 온 지가 언젠데, 친정에서 뭐 배웠냐?' 이러면 곤란하단 말이야. 무슨 전 부치는 게 독립운동하는 것도 아니고 그거 좀 못하면 어때서 그 난리들인지, 원. 그러는 자기는 며느리가 잘하는 거 다 잘해? 그렇진 않잖아. 요즘 젊은 사람들이 얼마나 똑똑하고 아는 것도 많아. 그러면 전 부치는 건 내가 너보다 잘하니까 내가 하고, 너는 네가 잘하는 것으로 집안에 기여를 해라, 그러면 얼마나 좋아. 서로 잘하고 못하는 게 있으니까 상부상조하자는 말이야.

가끔 내 친구들 중에서도 그런 이야기 하는 애들이 있어. 청소니 음식 솜씨니 하면서 며느리 흉들을 봐. 그리고 그때마다 안 빠지는 게 자식 자랑이야. 그러니까 내 아들은 이렇게 멋진데 며느리는 그렇지 않다는 거지. 그러면 내가 그런 말 하지 말라고 그래. 그러고 나서 이런 말을 하지.

"이봐라, 친구야. 어떻게 네 아들만 잘났고 네 아들만 소중하냐? 네 며느리도 자기 집에서는 몇십 년을 애지중지 키운 사람이야. 그렇게 키운 작품 중의 작품을 보냈는데, 그 작품을 어떻게 좀 더 잘 대해 줄까 하는 생각을 해야지, 만날 한다는 짓이 못난 점만 따져서야 되겠냐. 아들 가진 유세 하지 마. 아들 가진 유세 세게 하면 당신 아들 망가져. 그게 세상 이치야."

내가 우리 사돈한테도 대놓고 이야기했어.

"우리 애가 부족한 거 많습니다. 제 눈에는 보이는데 사돈어른이 보시기엔 오죽하겠습니까? 그래도 봐주세요. 저도 사위가 마음에 들지 않는 점이 있지만 봐주고 있습니다."

이거 내가 생각해도 괜찮은 대사니까 기회 잘 봤다가 응용해서 한번 써먹어 봐. 효과가 톡톡히 드러날 테니까.

아들 가진 유세가 심한 사람 중에는 또 이런 사람들도 있어. 내가 식모, 머슴 이야기 하면서 결혼을 사각의 링에 올라가는 거라고 했잖아. 그런데 부부가 링에서 경기를 하고 있는데 불쑥 코치가 링으로 뛰어 올라오는 경우가 있더란 말이지. 실제 경기에서는 그런 일이 없는데 결혼이라는 경기에서는 그런 일이 꽤 있어. 실컷 훈련시켜서 경기에 내보냈으면 그냥 관심 있게 지켜보면서 도움 요청할 때 몇 마디 해주면 좋은데, 불쑥불쑥 경기장에 들어와서는 심판 노릇을 하려고 한단 말이야. 그게 또 공정하면 되는데 거의 아들 편만 들어주는 거야. 오죽했으면 그런 시어머니 때문에 못 살겠다고 이혼하는 사람까지 있을까. 이렇게 부모 때문에 이혼하는 사람이 한둘이 아니잖아.

세상에 별별 시어머니들이 다 있어. 심한 경우에는 며느리한테 막말하는 정신 나간 시어머니도 있더라고. 그 며느리가 하소연하는 말이, 자기가 시집오고 나서 얼마 뒤에 시아버지가 돌아가셨는

192

데 그걸 집에 여자가 잘못 들어와서 그랬다고 하더라는 거야. 거기다가 시어머니 친정 쪽 어른 한 분이 아파서 한 1년 모셨는데, 그 아픈 것도 자기 탓이라고 하더라는 거야. 한두 번도 아니고 주기적으로 집안에 안 좋은 일이 생기면 모두 다 며느리 탓을 하는 거야. 그러니까 사람 딱 미치겠더라는 거야. 거기다가 남편이란 작자는 뭐 하는 놈인지 전혀 도움이 되질 않는대. 그런 어머니가 키운 자식이니 현명할 리 있겠어? 그러니 어떡해. 결국은 이혼을 하고 말았지.

이 이야기 빼먹으면 서운해할 사람들 많을 텐데, 자기 자식만 끔찍하게 위하는 시어머니들이 있어. 맛있는 반찬도 내 아들, 좋은 옷도 내 아들, 뭐든 좋은 건 전부 다 아들한테만 주는 거야. 그야말로 진자리 마른자리 갈아 눕히면서 손이 닳고 발이 닳는 거야. 그러면서도 며느리는 찬밥이야. 아무것도 안 해주는 거야.

사람이라는 게 그래. 일단 피가 섞이면 좀 서운해도 참고 이해하고 그렇잖아. 대판 싸워도 좀 지나면 다시 얼굴 맞대고 웃는 게 혈육이라는 거잖아. 그런데 남은 안 그래. 남은 한 번 사이가 틀어지면 영영 '굿 바이'하는 수도 있다고. 이런 건 다 시어머니들이 영리하지 못해서 그래. 자기가 며느리한테 잘해주면, 그러니까 옷을 사도 아들 옷은 못 사고 며느리 옷을 좋은 거 하나 사다가 입혀봐. 그게 어디로 가겠어? 다 내 자식한테 가고 자기한테 오고 시아버지, 시동생, 시누이한테 가는 거야. 계산을 제대로 대봐야 한다니까.

이런 거 말고도 정말 사연들이 많지. 그러잖아도 어려운데 만날 돈 달라는 사람도 있고, 눈만 마주치면 며느리 친정 욕하는 시어머니에다가 사사건건 불러내는 사람도 있어. 또 명절 때 가면 사위한테 죽어라 전화해서 오라고 해놓고 딸이 오면 무슨 신줏단지 모시듯이 방 안에 모셔놓고는 며느리만 부려먹는 거야. 뼈가 으스러지게 일만 시키고, 그러면서 친정에 가란 소리는 입 밖에도 안 내고. 남편한테 말해서 친정 간다고 그러면 안 좋은 내색 하고. 자기 딸이 시집가 있는데도 그런 양반들이 있더라고. 참, 나이들을 어디로 먹은 건지. 답답한 게 한두 가지가 아니지.

당신이 결혼을 한 여성이라면 여기까지 읽으면서 머릿속으로 여태까지 당한 일들이 막 떠오를 거야. 섭섭했던 거, 억울했던 거, 기가 막혔던 거, 황당했던 일까지. 이런 일 안 떠오르는 사람이면 참 행복한 거야. 시어머니를 잘 만났든, 아니면 자기가 노력을 했든 간에 말이야.

그런데 이 일을 어쩌면 좋을까? 하루 이틀 묵은 문제도 아니고 말이야. 하긴 요즘에는 며느리가 큰소리치는 집도 있다고는 하는데 그것도 썩 보기 좋지는 않고, 또 그런 집은 얼마 안 되지. 아직까지 며느리는 시어머니 앞에서는 약자일 수밖에 없는 것 같아.

나는 이랬으면 좋겠어. 시댁 식구들이 며느리를 대할 때 장모가 사위 대하듯 했으면 좋겠어. 백년손님이라고 항상 어려워하고 씨암탉도 좀 잡아주고 그래 보란 말이지. 왜 사위가 백년손님이겠어. 사위 손에 내 딸의 행복이 걸려 있으니까 그런 거잖아. 사위가 잘 돼야 딸도 잘 되는 거거든. 그러니까 잘 해줄 수밖에.

마찬가지로 내 며느리가 행복해야 내 아들도 행복하단 말이야. 불행한 아내, 시어머니 때문에 괴로운 아내와 함께 사는 내 아들이 어떻게 행복할 수 있겠냐 그 말이야. 내 말이 맞지? 이 할머니 말이 맞다 싶으면 박수라도 한번 치든지. 그래야 나도 힘이 나서 더 좋은 말 해줄 거 아냐.

자, 그럼 박수 소리 들었다 치고 계속 해보자.

시어머니들이 며느리한테 함부로 대하는 이유를 가만 생각해 보면, '관계'로만 상대를 생각해서 그런 것 같아. 무슨 말이냐 하면 '나는 시어머니고 너는 며느리다. 그러니까 너는 내가 시키는 대로 해야 된다.' 이런 생각을 하고 있는 것 같단 말이지. 이유야 많겠지만 이게 핵심이지 싶어.

내가 하고 싶은 말은 며느리를 하나의 인격체로 보라는 거야. 하나의 독립된 인격체로 보면 아까 구구절절한 사연들이 확 줄어들 거야. 그리고 며느리들이 슬쩍 그런 이야기를 흘릴 필요가 있어.

우리 둘째 딸이 엄마를 닮아서 명랑한 데가 있어. 무슨 말이냐 하면, 한번은 시어머니가 밥을 푸는데, 남편 밥은 예쁘게 푸고 자기 밥은 주걱에 묻은 걸 요렇게 깎아서 모양이 안 좋게 푸는 거야.

그래서 '어머니, 왜 제 밥은 보기 싫게 이렇게 푸십니까? 제 밥도 예쁘게 퍼주세요.' 그랬다는 거야. 말은 안 해도 우리 사돈이 속으로 뜨끔했겠지. 그래도 우리 사돈이 현명해서 금방 받아들이더라는 거야.

이렇게 한 번씩 웃는 얼굴로 알게 모르게 '저를 하나의 인격체로 대해 주세요.' 하는 메시지를 던지는 거야. 속으로 꽁하고 있어봐야 위장만 상하는 거야. 내 위장 상하고 시어머니가 달라지면 생각해 볼 수도 있는 문젠데, 위장은 위장대로 버리고 시어머니는 계속 속 뒤집어지는 소리만 하게 되는 거야.

그리고 반대로 며느리도 시어머니를, 그리고 시댁 식구들을 인격체로 보라는 거야. 인간적으로 보자는 말이야. 영어로 이야기하면 그 휴머니즘. 좋잖아, 휴머니즘! 가끔 시어머니가 살아 온 걸 되짚어 봐. 가난한 살림에 지금보다 훨씬 호된 시집살이에, 그렇다고 당신들처럼 많이 배운 것도 아니잖아. 그런 거 생각해 보면 좀 애틋한 마음이 들기도 할 거야. 그렇게 인간적으로 이해를 해보라는 말이야.

내가 나이 어린 친구들이 좀 있다고 했잖아. 그 사람들 중에 30대 중반인 여자가 있어. 이 친구 시부모가 아들 가진 유세를 어지간히 한 모양이야. 오죽했으면 임신했을 때는 시댁에 가지를 않았대. 가서 만나기만 하면 감정이 상하니까 태교에 안 좋잖아.

그러다가 애를 낳았는데, 이 친구가 직장이 있으니까 시부모가 애를 봐주겠다고 했나봐. 애가 있으니까 매일 갈 수밖에 없잖아. 아무래도 매일 만나니까 시어머니하고 이런저런 이야기를 하게 됐겠지. 그런데 이 시어머니 이야기를 듣다 보니까 시부모가 어떻게 살아왔는지 보이는 거라. 아들 낳고 지금까지 모든 인생을 오롯이 아들한테 바친 거야. 번듯한 직장도 내버리고 자식 교육을 위해 서울 와서 온갖 궂은일 마다치 않고 다 한 거지.

그래, 생각이 드는 게 인간적으로 참 불쌍하게 보이는 거야. 자기가 원하는 게 뭔지도 모르고 오로지 아들을 위해서만 살아온 게, 옳다 그르다를 떠나서 연민이 생기더라는 거지. 그 삶이 이해가 되더라는 거야. 못 입고 못 먹고 여행도 못하고 오로지 '아들, 아들' 하면서 살아왔으니까 아들 가진 유세도 무리는 아니라는 생각이 들었던 거야.

그래, 휴가 때 신랑도 없는데 시부모 모시고 같이 여행을 간 거야. 직장 다니는 사람들 그 휴가가 얼마나 귀하고 아까워. 그 휴가를 시부모를 위해 쓰겠다고 결심한 거지. 저분들이 앞으로 살아봐야 얼마나 살겠냐는 생각이 들고, 살아계실 때 못해 주면 나중에 후회할 거 같더래. 그러니까 시어머니가 며느리 덕분에 여행 간다고 그렇게 좋아하더라는 거야.

그래서 딸이랑 엄마처럼 좋아졌냐고? 그런 건 아니야. 지금도 가끔은 감정이 상하는 일이 있지, 왜 없겠어? 그래도 내 시부모라는 생각을 버리고 부모 세대와 자기 세대의 문제로 이해하려고 노력하니까 감정적으로 얽히는 문제들이 많이 줄어들더라는 거지. 그리고 나서 점점 '쿨'하게 시부모를 바라보게 됐다고 해. 이 친구 마음가짐이 이래.

'시부모를 객관적으로, 인간적으로 바라보자. 그리고 바꾸려고 하지 말자. 10년이면 강산도 변한다는데, 몇십 년을 그렇게 살아 왔는데 내가 이야기한다고 바뀌겠느냐. 그들의 삶을 있는 그대로 받아들이자. 다만 거기에 내가 감정적으로 대응하지 말자.'

어때? 꽤 멋진 친구지. 당신들이라고 못 할 거 없잖아. 조금만 객관적으로 생각하면 이렇게 삶이 편안해지는 거야.

이번 이야기는 사연이 많아서 좀 길어졌는데, 이 얘기만 하고 마칠 거야. 나는 우리 사위들이 참 좋아. 사위들도 나를 좋아하고. 편하지. 편한 사이야. 그런데도 사위가 있으면 마음에 부담이 되는 거야.

내 친구 중에도 그런 말을 하는 사람이 있어. 그 친구 말이, 사위가 어머니, 어머니, 하면서 그렇게 살갑게 굴고 잘해준다는 거야. 그런데 사위가 집을 비운 날, 딸하고 둘만 있으니까 그렇게 편하더래.

그러니 '시'자 들어간 것도 마찬가지야. 시부모가 100% 잘 해줘도 시댁은 시댁이라서 어렵단 말이야. 그러니까 처음부터 불편한 것을 인정하면서 들어가면 차라리 훨씬 나아지는 거야. 그렇게 마음먹고 가면 '아, 시어머니의 '시'자도 듣기 싫었는데, 여전히 부담스럽고 불편한 것은 있어도 이 정도면 괜찮다.' 하는 생각이 들기 쉽단 말이지.

산에 올라갈 때도 그렇잖아. 이 산은 높으니까 힘이 많이 들 거야 하고 마음을 다잡고 가면 그냥 아무 생각 없이 올라가는 것보다 훨씬 수월하게 느껴지는 거 아니겠어? 시어머니가 친정어머니 되기를 바라는 것도 문제고 며느리가 딸이 되기를 바라는 것도 문제야. 사위가 어떻게 내 아들이 될 수 있고 장모가 어떻게 내 친어머니가 될 수 있겠냐고. 검은색이 영원히 흰색이 될 수 없는 것처럼 그냥 며느리를 내 딸처럼 시어머니도 내 어머니처럼 생각하자는 말이지, 그게 진짜 그렇게 될 수는 없는 거거든.

그게 세상 이치니까 마음 차분하게 가라앉히고 받아들여야 해. 세상 이치가 이렇다 싶은 건 받아들이는 게 현명한 거야. 그게 받아들이기 싫으면 다들 결혼하지 말고 독신으로 살아야 해. 혼자 태어났으니까 혼자 고즈넉하게 살다 가는 것도 괜찮은 방법이니까.

시댁이 마냥 편하기만 할 거라고 기대하는 건

시금치에서 꿀맛이 나기를 바라는 거랑 똑같아.

시금치에는 그 나름의 맛이 있고

시댁도 그 나름의 불편함이 있는 거야.

당연한 건 빨리 받아들여.

시댁이 아니라 바로 당신을 위해서.

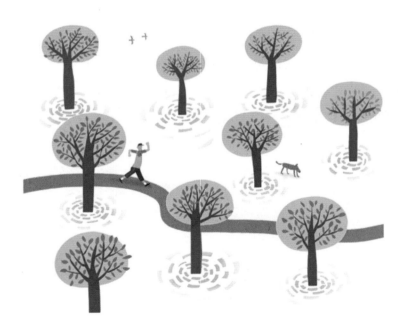

예행연습이
필수야

　누구나 잘 살아보려고 멋진 결혼생활을 꿈꾸면서 결혼을 하지. 이게 뜻대로 되면 참 좋은데 마음먹은 대로 다 되는 게 아니니까 문제가 생기는 거란 말이야. 행복감이라곤 전혀 없고, 사는 게 힘 겹기만 한 결혼생활도 있어. 특히 여자들은 결혼과 동시에 자신을 잃어버리는 경우도 많거든. 이런저런 이유 때문에 도저히 못살겠 다면 이혼을 해야 한다는 이야기, 조금 전에 했는데 기억나?

　물론 가능하면 이혼은 안 하는 게 좋지. 일단 사각 링에 올라갔 으니까 거기서 최선을 다해야 하는데, 그래도 안 되는 일이 있단 말이야. 그러면 이혼을 해야 하는데, 결혼도 그렇지만 이혼도 잘 하지 않으면 안 되는 거라. 결혼 때문에 상처 받았는데 이혼 때문에 또 상처 받아서야 되겠냐고.

대개 법원 가서 도장 꽝 찍으면 이혼이 끝나는 걸로 알고 있는데, 진짜 이혼은 그때부터 시작이야. 후회가 와도 그다음에 온단 말이지. 이왕 이혼하는 거 후회하지 않는 이혼을 해야지. '아이고, 그때 이혼하지 말걸, 조금만 더 참을걸.' 이래 봐야 때는 이미 늦었다는 거야.

그럼 어떻게 하면 후회하지 않는 이혼을 할 수 있느냐? 당연히 이혼공식을 따라야 하는데, 그 공식이 예행연습이야. 가정만 앞세우지 말고 이 예행연습을 충분히 해야 후회하는 일이 없는 거지.

그냥 하는 소리가 아니라 내가 연습을 많이 했기 때문에, 그 덕을 톡톡히 봤기 때문에 하는 이야기야. 알다시피 내가 상담하는 사람인데, 가장 잘하는 분야, 즉 전공 분야가 이혼 상담이 된 게 다 그것 때문이라니까. 내가 이 주제를 가지고 자그마치 10년 동안을 연구했거든. 이혼을 해야겠다고 생각하고, 그 생각을 실전에 옮기기까지 딱 10년이 걸렸단 말이야. 그렇게 연습을 하니까 전문가가 되지 않을 재간이 있나, 나도 모르게 전문가가 되는 거지.

내가 어떻게 연습했는지 알 겸 차근차근 내 연습 방법을 들어봐.

내가 이혼을 결심한 건 결혼생활이 달라질 가능성이 손톱만큼도 없다는 판단 때문이었어. 여고생 시절 교회에서 만난 남학생이던 남편 됨됨이를 보고 결혼했지만 내 기대와 달랐고, 또 시댁도 마찬가지였다는 걸 알게 되었어.

시집온 지 얼마 안 돼서 '내가 이 집에서는 나를 지키며 살기 힘들겠구나.' 하는 생각이 들었던 거야.

그러니 혼자 늘 생각하는 거야. 그냥 이대로 살아야 하나. 아니면 모든 것을 버리고 내 자존심을 지키며 살아야 하나. 그러다가 한 번뿐인 인생, 다른 것은 아무것도 없어도 내 자존심만큼은 지키며 살아야 한다는 결론을 내린 거야. 그러니 방법은 이혼밖에 없더라고.

이혼을 결심한 다음부터 10년이라는 세월 동안 끊임없이 이런 상상을 해봤어. 이혼을 한 다음 딸아이 둘의 손을 잡고 거리를 헤맨다. 춥고 배도 고프다. 그동안 친하게 지내던 사람들이 이혼녀라고 손가락질을 한다. 아이들은 아빠 없는 자식이라고 여기저기서 수군거린다. 거기다 남편은 승승장구 출세 가도를 달리고 참한 여자 만나 재혼도 한다. 재혼해서 잘 산다는 이야기가 친구들 통해서 들려온다. 이런 상상들을 하면서 '그게 현실이 돼도 미련이 없겠느냐? 이래도 이혼을 후회하지 않을 자신이 있느냐?'라고 나한테 수없이 질문을 해보는 거야.

사실 처음엔 두려웠어. 후회할지 모른다는 생각이 더 강했어. 그러나 그 질문을 계속해서 하다 보니까 온갖 감정들은 다 걸러지고 진짜만 남게 되더라고. 그 진짜라는 게 뭐냐면, 이혼 후에 경제적인 문제 때문에 생활이 찌그러지긴 하겠지만, 지금 내 삶보다 더 무가치하고 무력하진 않겠다는 확신 같은 게 바짝 생기는 거야.

남편이 잘나가는 사람이었으니까 위자료는 꽤 받았겠다고? 천만에. 남편이 원하지 않는 이혼을 해야 했기 때문에 많이 받을 수가 없었지. 그래도 아이들이 어렸기에 등록금과 얼마간의 생활비는 한동안 남편이 보내주었어. 가부장적인 남편한테 이혼은 수치였던 거라. 그것도 남자한테 다른 여자가 생겨서 하는 이혼이라면 몰라도, 여자가 먼저 원해서 하는 이혼은 절대 할 수 없다는 입장이었어.

할머니 세대의 남자들은 그런 사람이 대부분이었어. 많이 배우나 못 배우나 상관없이. 그러니까 위자료, 양육비 한 푼도 못 주니까 이혼하려면 해라, 이러면서 버틴 거였어. 물론 법적으로 집요하게 물고 늘어지면 더 받아낼 수도 있었겠지만, 그거 하기 싫어서 그만뒀어. 물론 부족했고 경제적으로 힘들었지만, 난 이혼하는 걸로도 충분했고 소송 같은 건 하고 싶지 않았어.

'참 미련한 할머니네. 뭐 그 정도 문제로 10년이나 보내나.' 이런 생각하는 사람도 있을지 모르겠어. 맞아. 미련하다고 생각할 수도 있어. 그러나 그 미련한 예행연습 덕분에 나는 이혼 후에 단 한 번도 후회해 본 적이 없어. 그게 다 예행연습 덕분이라고 생각해.

나한테 이혼 상담하러 오는 사람들한테도 제일 먼저 이걸 물어

보는 거야. 예행연습 충분히 했냐고. 그러면서 내 경험을 이야기하지.

"저는 무려 10년 동안 예행연습 했습니다. 물론 저처럼 오랜 기간 하실 필요는 없겠지만 그래도 연습은 꼭 필요합니다. 연습 없이 하는 이혼은 상처와 후회를 많이 남깁니다."

그러면 '대화를 하다 보니까 아직 저는 생각만 있지 준비는 안 된 것 같습니다.' 하고 마음을 바꿔 먹는 사람들이 많아. 내 이야기 듣다 보니 '아! 예행연습 없이 섣불리 했다가는 큰 낭패 보겠구나' 하는 생각이 드는 거지.

자, 그러면 이혼공식 정리 한번 해보자고. 이혼은 가능한 한 안 하는 게 좋겠지만 어쩔 수 없이 해야 하는 경우에는 꼭 예행연습을 하라는 것. 헤어진 배우자는 잘나가고 자신은 찌그러져 산다고 해도 후회하지 않을 자신이 있을 때까지 연습하라는 것.

그리고 이 말을 꼭 명심해.

'훈련에서 땀 한 방울은 실전에서 피 한 방울이다.'

군대 조교들이 훈련병한테 하는 말이라는데, 이거 이혼공식에 딱 맞는 말이야. 감정을 다 걸러내지 않은 이혼, 연습 없는 이혼은 꿈도 꾸지 말아야 해.

어릴 때 젓가락질 연습하던 거 기억나?

지금 보면 별것도 아닌데

그때는 꽤 힘들게 배웠잖아.

그 별것 아닌 것도 연습을 해야 잘할 수 있는데

행복과 불행이 달려 있는 이혼이야 말할 것도 없지 않겠어?

꼭 이혼뿐만이 아니야.

다른 결정을 할 때도 머릿속으로 충분히 연습을 하면

나중에 후회할 일도 적어지고

그 상황에 훨씬 빨리, 편하게 적응할 수 있을 거야.

인생 살 만한 겁니까?

내가 상담실 오픈하고 얼마 되지 않았을 때였어. 성만이가 축하
도 할 겸 오랜만에 얘기도 나누고 싶다며 자기 부인하고 찾아온다
는 거야. 성만이 알지? 내가 이야기했던, 사형수였다가 13년 만에
광복절 특사로 풀려난 친구 말이야.

그 친구가 오기로 한 날 약속 시간에서 30분이 지났는데도 아
무 소식이 없는 거라. 매사에 정확하고 반듯해서 여간해서는 약
속을 어기는 법이 없는 사람이라 슬슬 걱정이 되던 참에 전화가
왔어.

퇴근하자마자 출발했는데 길을 못 찾아서 헤매고 있대. 생각보
다 자기가 길눈이 어둡다면서, 사람 좋게 웃는 목소리를 들으니까

마음이 놓이더라고. 그래, 내가 다시 길을 자세하게 알려 준 다음 전화를 끊기 전에 이렇게 이야기했어.

"내 걱정하지 말고 천천히 와. 설사 이곳을 못 찾고 밤새워 헤맨들 어떠냐? 사고만 없이 일산 거리를 마음껏 헤매보라고."

그러니까 이 친구가 내 말을 알아듣고는 맞장구를 쳐주더라고.

"맞습니다. 이 넓은 길 한가운데서, 하룻밤이 아니라 며칠을 헤맨다 한들 뭐가 힘들겠습니까?"

그 친구가 석방이 되고 난 다음에도 한동안 형장으로 끌려가는 악몽에 시달렸다고 해. 그때마다 허벅지를 꼬집으면서 '나 이제 사형수 아니지?' 하고 한밤중에 혼자 일어나서 묻고 또 물었다는 거야.

이 친구 이야기를 한 건 당신을 다그치려고 그러는 게 아니야. '세상에 당신보다 못한 사람들 많으니까 불평 같은 건 아예 하지 말고 입 딱 닫고 살아.'라고 하려는 말이 아니라고. 나한테 있는데 미처 깨닫지 못하고 있는 걸 찾아보면 어떨까 하는 뜻에서 한 말이야.

젊은 사람들이 가끔 이런 질문을 할 때가 있어.

"할머니, 인생 살 만한 겁니까?"

그냥 하는 소리는 아니지. 얼마나 사는 게 힘들었으면 젊은 사람이 맥 빠진 목소리로 그렇게 묻겠어. 혹시라도 누가 자신 있게 '살 만하다.'고 말하면 그놈이 누구든 간에 혼쭐을 내주고 싶어. 누가 감히 세상을 살 만하다고 할 수 있겠어.

그럴 때 나는 그저 그 사람의 등을 토닥토닥 쳐주면서 '그래, 세상 살기 참 힘들지?'라고 말해주는 거야.

사는 거? 만만치 않지. 한숨도 나오고 불평도 나오고 원망도 하고 싶지. 누가 뭐라고 해도 세상 살기 힘들고 만만치 않은 건 어쩔 수 없는 일이야.

그렇다고 인생이 살 만하지 않다는 건 아니야. 힘들고 만만치 않지만 그래도 살 만하게 만들어보자는 말이지. 불평하고 원망한

다고 인생살이가 조금이라도 좋아지면 석 달 열흘이라도 하겠는데, 그럴수록 더 힘들어지잖아.

내가 인생의 공식이라고 들고나온 것도 다 그런 이유 때문이야. 힘들고 만만치 않은 당신의 인생살이를 조금이나마 살 만하게 해주고 싶어서 그런 거라고. 만만하고 쉽다면 뭣 하러 공식 따위를 만들어서 들고나왔겠어?

그러니까 불평이니 뭐니 그런 것 집어치우고, 어떻게 하면 인생이 살 만해질까를 생각하고 노력해 보자는 말이야.

내가 한 이야기, 한 번 듣고 던져 버리지 말고 가까이 두고 자주 들춰봐. 내 65년 인생을 녹여내서 만든 공식들이니까, 사는 데 도움이 됐으면 됐지 해가 되지는 않을 거니까.

그리고 당신 나름대로 인생 공식을 만들어 봐. 그렇게 우리가 만든 인생의 공식이 쌓이면 사람 사는 세상 갈수록 살 만해지지 않겠어?

2005년 봄날 양순자 할머니

2022.5 윰오